ドレミファソラシ姉妹《しまい》の
くせたいじ

椈立悦子／作・絵

あなたのくせは何ですか？
1つだけ言えたら…
♥がたのボタンをおして
ページをめくってください。

自分のこころと対話できる楽しさ

松丸　数夫

誰にでもある幼い日の思い出。

それは夢のようであったり悲しく侘しいものであったりします。もしどちらかを選ぶとしたら、わびしくほろ苦い味のする思い出が忘れがたいかも知れません。『ドレミファソラシ姉妹のくせたいじ』は、そうした人間のうしろめたさがその人の味や個性として巧みに描かれた童話です。

「カケル」と「コケル」という奇妙な名の少年が伝説の赤い鳥に導かれて迷いこんだ不思議な世界。そこで、偶然魔女のエッちゃんとねこの「ジン」に出会います。そこでは経験をつんだおとなでさえ、ドキリとさせられる発見があります。

おとぎ草紙の「ハチかづき姫」や、北欧の孤城にとじこめられたわがままな王女の物語など、自分の悪いくせを矯正することのむずかしさを古い物語にはたくさん見かけます。そこでは周囲の心優しい人や動物の働きかけによって悔い改めるという筋書きが展開されて来ました。この物語は七人の娘が自分のくせをなおしに、くせたいじ山にのぼるといいます。どんな修行がされるか興味がわきます。

第十一章から第十八章まで、こんななおし方があったのかと驚かされます。自分が自分を正す。正したあとがさわやかな気分になる。物語は魔法の力があります。この力をかりて読者の皆さんは新しい人生をきり開いて下さい。

もくじ

もくじ

♠ プロローグ

あるばんのこと、三びきのかいじゅうが、こうえんにあつまってきました。

「おなかがへってしかたがない。食べ物が、ぜんぜんないんだ。」

青色のかいじゅうが、やせこけたからだでいいました。

「それは、たいへん。何も食べないと、死《し》んでしまうわ。あたしなんか、いつもまんぷく。毎日、食べきれずに、あまってしまうの。」

赤色のかいじゅうが、ふとりすぎのからだでいいました。

「それはきけんだ。あまるとくさってしまいどくそをはっせいする。わしは、今、ちょうどいい。おなかがすくこともないし、あまるということもない。」

黄色のかいじゅうが、プロポーションのいいからだをじまんするようにいいました。

「あなたがうらやましいよ。ぼくのご主人さまも、食べ物をつくってくれたらなあ。」

青色のかいじゅうが、うらやましそうにいいました。

「もしかしたら、君のご主人さまは、にんぎょうかロボットではないか?」

黄色いかいじゅうがいいました。

「そ、その通り。ぼくのご主人さまは、イヌのぬいぐるみなんだ。でも、どうしてわかったんだい?」

青色のかいじゅうが、目を白黒させていいました。

「あはは、人間たちの間では、『なくて七くせ』ということわざがあってな、何もくせのない人間などおらんものだ。だから、ご主人さまが人間であれば、食べ物がぜんぜんないなんてことは考えられんのだよ。わるいことはいわん。君は、すぐにそこを出た方がいい。」

黄色いかいじゅうは、しんけんな顔つきでいいました。

「そうか。よく考えてみたら、ロボットやにんぎょうに、くせはないもんな。」

青色のかいじゅうは、ぽつりとつぶやくと、次のひっこし先をどこにしようかとまよいました。

「あたしは、どうすればいいの?」

今《こん》どは、赤色のかいじゅうがたずねました。

「君のご主人さまが、ひとつでもくせを直してくれたらなあ。このまま、今の生活が続いたら命《いのち》にかかわるだろう。ところで、君は、どんなくせを食べているんだい?」

黄色のかいじゅうがたずねました。

「それは、えっと……、はなをほじくったり、びんぼうゆすりをしたり、おふろにはいらなかったり、うそをついたり、よわい者いじめをしたり、まだまだあります。朝ねぼうに、すききらいに、勉強ぎらい。それから……。」

「すごいりょうだ。これじゃ、食べきれないはずだ。しかし、こんなにくせのある人間というのもめずらしい。君のご主人さまはいったい何者だい。どこか大金もちの王さまじゃないか?」

黄色のかいじゅうが、目をまるくしていいました。

「この町にすんでいる、ふつうの家の子どもです。あたし、もうがまんできない。」

赤色のかいじゅうのいかりは、ばくはつすんぜんです。

「それじゃ、かみさまに電話して、少しこらしめてもらおう。」

黄色のかいじゅうは、メモちょうをひらくとかみさまに電話をかけました。


さて、このかいじゅうたちの食べ物は、何だったでしょう? もう、みなさんは、おわかりですね。なんと、人間たちのくせだったのです。

かみさまに電話された子どもたちは、少しずつくせがなおりました。でも、たまに、なおらないがんこなくせもあったようです。

おっちょこちょいや、あわてんぼう、わらいじょうごなどは、かわいいものです。あまり心ぱいはありません。

かみさまが、一番、心をいためたのは、人の物をぬすんだり、平気でうそをついたり、あいての心をきずつけたり、わけもなくらんぼうをふるったりするくせでした。

みなさん、今まで、こんなかいじゅうがいるなんて、知らなかったでしょう？　目に見えない心の中で、朝からばんまでくせをぽりぽりかじって生きている、おかしな生物がいるなんて、いったい、だれが、そうぞうできたでしょう。

くせを食べることが、かいじゅうたちのしごとでした。昼間はしっかりしごとをし、人間たちがねしずまった夜、こっそりあつまって、世間話《せけんばなし》をしたり、なやみごとをそうだんしていたのです。

ここで、みなさんにおねがいです。たまには、自分《じぶん》の心の中をのぞいてみてください。かいじゅうの色で、心のチェックをしてみましょう。

♣ 心のチェック

かいじゅうの色

青――くせがない。
（にんぎょうやロボット）

黄――くせがほどよくある。

赤――くせが多い。

かいじゅうの色が赤の人は、気をつけてください。くせが食べきれずに、のこっているというサインです。

食べのこったくせは、どくそをはっせいします。つまり、心はくさってしまうのです。

心がくさってしまうと、さて、どうなるのでしょう？　みなさんは、どう思われますか？

すがたかたちは、人間のかっこうをしていても、人間としての価値《かち》がなくなってしまうのです。

心がくさることは、人間らしい心をなくすこと。命《いのち》をうしなうことと同じくらい、かなしくて、つらくて、さびしいことなのです。

だから、わるいくせに気がついた時は、ひどくならないうちにはやめになおしましょう。

心が見えないよという人は、かるく目をとじて、大きくしんこきゅうしてください。

ほら、かいじゅうが見えてきたでしょう？

1　魔女《まじょ》のお話は　つづきます

また、魔女《まじょ》先生のお話です。みなさんの中には、

「なんだまたか、もうあきてきたよ。」

なんていってる人がいるかもしれません。

でも、このお話は、まだまだつづきます。だって、魔女《まじょ》のエッちゃんは、ふるさとのトンカラ山から、この人間界《にんげんかい》にでてきて六年目。

ただ今、青春まっさかり。花もはじらう三百六さいなのです。

「えーっ！　すごいおばあさん。」

いえいえ、魔女《まじょ》の年は、人間の十分の一。その計算でいくと、エッちゃんは、まだ三十・六さいってことになります。

「それじゃ、やっぱりおばさんだ。」

おどろいちゃいけません。魔女《まじょ》たちの寿命《じゅみょう》は三千年もあるのです。

「魔女《まじょ》って、そんなに長生きできるの？」

そうよ、人間たちの、何倍も生きるのです。長生きできる分、青春も長いってわけ。

「ところで、エッちゃんは、けっこんをしているの？」

いいえ、まだ、花のどくしんです。あのね、魔女《まじょ》たちのけっこんてきれいきは、およそ四百さい。

その計算でいくと、あと、九十六年もあります。たいていの魔女《まじょ》は、人間界《にんげんかい》でしゅぎょうをつんでいるうちに、すてきなあい手を見つけてけっこんしているようです。

いったい、エッちゃんは、どうなるのでしょうね。というわけで、まだまだ、このお話はつづくのです。


ある日、とつぜん、エッちゃんは、学校の先生になりました。ところが、先生のくせに何も知りません。

子どもたちは、そんな一風《いっぷう》かわったエッちゃんを、あいしょうで、『魔女先生《まじょ》』とよびました。名前が『まじょよエツコ』だったからです。

さいきんになり、ようやく『中級テスト』の二つ目に合かくしたばかりのしんまい魔女《まじょ》です。一人前《いちにんまえ》の魔女《まじょ》になるためには、まだまだ時間がかかりそうです。

あっ、そうそう、エッちゃんには、たよりになるあいぼうがいました。『ジン』という名の白ねこでした。

これは、あわてんぼうでまい日しっぱいばかりしている、どじな魔女《まじょ》のお話です。

2　カケルがあらわる

「あれっ?」

魔女《まじょ》先生は、首をかしげました。

二時間目の算数が終わり、教科書をとじようとすると、ふいにこんな歌が聞こえてきました。

ぼくの星は　かける国

何でもかんでも　倍になる
一ど　おいでよ
楽しいよ

「だれか、今、歌った？」

魔女《まじょ》先生は、ふしぎなそうな顔をしてたずねました。

「ううん。ずっとシーンとしてた。」

「何も聞こえなかったよ。」

「歌？　魔女《まじょ》先生、耳がへんなんだ。」

子どもたちは、ちんぷんかんぷんの顔をしていいました。

「魔女《まじょ》先生、お耳のびょう気なの？　かわいそう。」

じゅん君が、心ぱいそうにいいました。

「大じょうぶよ、じゅん君。きっと、そら耳だわ。さあ、終わりにしましょう。」

「これで、算数のおべんきょうを終わりにします。」

大すけ君が、ごうれいをかけると、子どもたちは、いちもくさんに外へかけだしていきました。

教室は、あっという間に、もぬけのからです。

「みんな元気ねぇ。」

魔女《まじょ》先生は、目をぱちくりさせていうと、つくえのところにもどってきました。すると、また、

「さっきの歌は、ぼくが歌った。魔女《まじょ》先生のそら耳なんかじゃないさ。」

と声がしました。

（へんだわ。だれもいないのに……。あたしったら、年をとったものだわ。）

魔女《まじょ》先生は、耳に手をあてました。すると、やっぱりまた、

「さっきからいってるだろう？　ぼくは、ここにいる。」

と声がしました。ちょっぴりおこっているようです。

「えっ、どこ？　ほんとうにいるのね。」

「ほんとうもうそもない。ずっと、ここにいるさ。」

魔女《まじょ》先生は、声を手がかりにあっちこっちさがしました。すぐ近くにいることは、たしかです。

つくえの下も、三だんあるひきだしも、クッションの下も、ごみばこの中も、お花のいけてある花びんの中も、テレビの下もです。ありとあらゆるばしょをさがしました。

でも、どこにもいません。いったい、どこにいるというのでしょう。

もうさがすばしょなんて、どこにもありゃしません。魔女《まじょ》先生は、ふーっと大きなためいきをついて、

「いないわ。どこにもいない。やっぱり、そら耳にちがいない。」

といって、いすにこしをおろしました。その時です。

「ここだよ。魔女《まじょ》先生の目の前にいる。」

ハスキーな声がしました。

あわてて声のする方を見ると、教科書の上に、それは、小さな男の子が立っていました。

「あっ！」

魔女《まじょ》先生は口をあんぐりとあけたまま、その男の子をじっと見つめました。

白いスポーツシューズをはき、青のランニングシャツをきています。かおは、日にやけてまっ黒けっけ。まるで、すみでぬりたくったように黒光りしていました。

大きさは、グリンピースほどしかありません。これじゃあ、すぐには見つからないはずです。

「ぼくの名前《なまえ》は、『カケ山カケル』。まい日、カケ山をのぼったりおりたりするのが、ぼくのにっかさ。カケ山というのは、高さが五十四・七五メートルもあるけわしい山なんだ。ぼくが、あんまりかけ回ってばかりいるものだから、いつの間にかこんな名前《なまえ》がついた。」

男の子は、ほっぺをりんご色にそめていいました。

カケル君の身長は、およそ一センチほどでしたから、カケ山の高さは、その五千四百七十五倍もあることになります。人間にたとえると、そうね、富士山《ふじさん》をそうぞうしていただければぴったりでしょう。

「わあっ、かわいい！　あなた、ずっとここにいたの？」

魔女《まじょ》先生は、カケル君を手のひらにのせていいました。

「そうだよ。ぼくは、ずっとここにいたさ。にげもかくれもしてないのに、魔女《まじょ》先生たらぜんぜん気づいてくれないんだもん。いやになっちゃったよ。」

カケル君は、まるいほっぺを、あんぱんのようにふくらませていいました。

「ごめんなさい。あなたが、えっと、カケ山カケル君が、あんまり小さいもので見えなかったのよ。ゆるして！」

魔女《まじょ》先生は、むねの前でりょう手をあわせると、ぺこっと頭をさげました。

「いいよ。ゆるしてあげる。」

カケル君は、にっこりしていいました。

「ありがとう。」

「ところで、ぼくが小さいって? ぼくたちの星では、これがふつうなんだ。魔女《まじょ》先生くらいあったら、それこそおばけさ。それより、ぼくのこと、カケルってよんでくれないかなあ。君なんかつけられちゃ、気もちわるい。どう考えても、ぼくのしょうぶんにあわない。」

カケル君がいうと、魔女《まじょ》先生も、すぐに、

「それなら、あたしのことも、エッちゃんってよんでほしいわ。魔女《まじょ》先生なんてよばれるのは、ちょっぴり気はずかしいの。子どもたちならいいんだけれど……。」

といいました。

「魔女《まじょ》先生のどこがはずかしいの? ぼくにはちっともわからないなあ。」

カケル君が、首をかしげていいました。

「わからなくていいの。それより、カケル、どこであたしのことを知ったの?」

エッちゃんが、ふしぎそうにいいました。すると、カケル君はまってましたとばかりに、

「えへへっ、それは、ぼくも魔法《まほう》つかいだからさ。きのうの朝、いつものように、カケ山をかけていたら、コンピューターがピコピコとなった。ここに、魔女《まじょ》先生がうつったんだ。あっ、ごめん、エッちゃんだったね。」

というと、赤い皮のうで時計を見せました。文字ばんは、まっかなルビーでできていて、ほのおのようにかがやいています。

「それがコンピューター?」

「ああ、ふだんは時計としてつかっているけれど、じつは、とってもせいのうのいいコンピューターなんだ。魔法《まほう》つかいのいどころは、たちどころにつきとめる。それで、エッちゃんのこと

を知ったというわけさ。」

「そうだったの。」

「ぼくは、きょうみしんしん。どきどきすることが大すきさ。それで、すぐにとんできた。」

「カケルって、すごい行動派《こうどうは》ね。ところで、カケルの星は、どこにあるの？　この地球《ちきゅう》から遠いの？」

エッちゃんは、目をぱちくりさせてたずねました。

「うーん、遠いっていえば遠いし、遠くないっていえば、そうともいえる。」

カケルは、ひたいにしわをよせて、むずかしいかおをしました。

「なんだかややこしいわね。そんなにふかく考えこまなくっていいのよ。」

エッちゃんがわらっていうと、カケルは、

「ぼくたちの星は、太陽系《たいようけい》の一ばん外がわを回っている。地球《ちきゅう》から、ずい分きょりはあるけれど、それくらい何ともない。どんなにはなれていても、たいてい三びょうもあればついてしまうんだ。おどろくかもしれないが、スピードは光よりはやい。だから、お月さまや木星、時には、銀河系《ぎんがけい》にだって、りょ行に出かけるよ。どこへ行くのも、たいていは日がえり。遠いかどうかなんて、きょりだけじゃきまらない。時間ともふかいかかわりがあるんだ。だってさ、考えてみてよ。たった三びょうでつくところを、遠いなんていえないだろう。」

といって、エッちゃんのかおを、のぞきこみました。

「そうかもしれないわね。一メートル先は、あたしたちにとって、ものすごく近いけれど、カタツムリにとっては、ほど遠い。それと同じことでしょう？　カケル、あなたって、とっても頭がいいのね。うらやましいわ。それにしても、ここまでくるのに三びょうだなんて……。きっと、カケルのすんでいる星は、ずいぶん科学がすすんでいるのね。」

エッちゃんは、かん心《しん》していいました。

「えへへっ、それほどでもないよ。」

カケルは、てれていいました。


その時です。ポンピロリン、ピンチャロリンと、三時間目はじまりのチャイムがなりました。

子どもたちがハーハーいいながら、教室にはいってきます。

「ここにかくれてて!」

エッちゃんは、あわててカケルをむねのポケットにいれました。

「おっとっと!」

カケルは、ポケットにさかさまにいれられ、声をあげました。手足をばたつかせ、ようやくもとにもどりました。

「うふふっ、くすぐったい。」

エッちゃんは、声をあげました。

「魔女《まじょ》先生、どうしたの?」

「なんだか、今日《きょう》の魔女《まじょ》先生へんだなあ。とつぜん一人《ひとり》でにやにやして……。」

「ねつでもあるんじゃないの?」

子どもたちは、口ぐちにいいました。

「大じょうぶ。心ぱいはいらないわ。」

エッちゃんは、じしんまんまんにいうと、あわてて国語の教科書を読みはじめました。

「魔女《まじょ》先生、教科書さかさまだよ。」

じゅん君がさけびました。

子どもたちは大わらい。その時です。

「うふふっ、あははっ、えへへっ……。」

とつぜん、エッちゃんが、けらけらとわらいだしました。

ポケットにいたカケルも、がまんできなくなってわらいころげていたのです。教室は、わらいのうずにつつまれました。

3　リンゴが二つになった！

家のドアをあけると、すぐにエッちゃんがいいました。

「カケル、もう出てきていいわよ。」

ポケットのボタンをあけると、カケルは、まってましたとばかりに、いきおいよくとびだしてきました。

「ああ、くるしかった。ぼくはせまいところは、すきじゃない。」

カケルはむねに手をあてていうと、元気よく歌いだしました。

ぼくの星は　かける国
何でもかんでも　倍になる
一ど　おいでよ
楽しいよ

「あたし、行ってみたいな。カケルの星。」

「まってました。エッちゃんが、そういうだろうなと思ってきたいしてたんだ。」

「うふふっ、ちゃっかりしてる。でも、どうやって行くの？」

エッちゃんは首をかしげました。

「そんなのかんたん。ぼくを、手のひらにのせるだけでいい。このうで時計は、たった三びょうですきなところへつれてってくれる。ぼくと体がつながってさえいれば、どこへだっていっしょにりょ行できるしくみになっているんだ。」

「すごい時計ね。」

「だろう？　これは、代々《だいだい》、ぼくの星につたわるかほうさ。目的地までのきょりをパタパタとたたみ、かぎりなくゼロにちかいじょうたいにしてたび立つんだ。」

「えっ、道をたたむことができるの？」

「ああ、かんたんな原理さ。たとえば、一まいの紙のりょうはしにえんぴつで印をつける。ひとつはスタート地点で、もうひとつはゴールとする。スタートの印をつけたところからじゅんに、山おり谷おりとこうごにおっていく。すると、さいごには、印をつけたところがかさなるだろう？」

「ええ、あたしもおりがみでセンスをつくる時、おったことがある！」

エッちゃんは目をかがやかせました。

「これは、スタートとゴールがとなりあわせになったことを意味する。つまり、道がたたまれて、きょりがほとんどゼロに近いじょうたいになったということだ。だから、どこへ行くのだって、三びょうもあれば十分《じゅうぶん》。たちまちワープできる。」

カケルは、とがったはなを上にむけ、じまん気にいいました。

「あなたが三びょうなら、あたしも三びょうで行けるってことね。」

「もちろんだ。さっちょんぱっと、ぼくの星さ。おそらく、そこのトイレに行くのと同じくらいの時間だよ。」

「ほんとう？　あたし、今すぐに行きたくなっちゃった。ねぇ、カケルつれてって！」

エッちゃんは、がまんできなくなっていいました。

「いいよ。それじゃ、ぼくを手のひらにのせてくれないか。左右、どちらの手でもかまわない。だけど、手あかやほこりがついていたらだめ。せっけんできれいにあらってくれよ。」

「どうして？」

「手がよごれていると、魔力《まりょく》はエッちゃんにとどかない。なぜかっていうと、あかやほこりは、ぼくと君の間に、あついかべをつくるんだ。」

「わかったわ。きれいにあらってくる。」

エッちゃんは、シュポシュポとシャボンをたててあらいました。そして、

「おまちどうさま。」

というと、サクラ色になった手のひらをカケルにさしだしました。

　カケルは、そのばで、二、三どかるくジャンプすると、一気に手のひらにとびのりました。

そして、

「よし、いくぞ！」

というと、カケルは、すばやく時計のふたをあけました。

　ダイヤとスペードとクラブとハートの四つのボタンがならんでいます。カケルは、ハートがたのボタンをおしました。

「オーライ！」

エッちゃんは、むねがどっきんどっきんしてきました。

（カケルの星って、どんなところかなあ。）

その時、声がしました。


「さあ、ついたよ。」

「そんなばかな……。」

エッちゃんは、すぐにはしんじられません。でも、まわりを見回すと、いつもとちがうふうけいがひろがっていました。

　目の前に、けわしい山がそびえています。

「あの山が、カケ山さ。」

カケルは、ゆびさしていいました。

「ずいぶん高いのね。あれっ？　そういえば、あたしのしんちょうがカケルと同じ。いつの間に……。こんなにちぢんじゃったら地球《ちきゅう》にもどれない。」

エッちゃんは、なきだしそうなかおでいいました。すると、カケルは手を大きくよこにふって、

「この星に着くと、みな小人になるんだ。でも、ちっとも心ぱいはいらない。地球《ちきゅう》についたら、またもどっているさ。」

といいました。

「あー、よかった。あたし、あん心《しん》したら、のどがからから。」

「そうだ、おいしいリンゴがある。」

カケルはポケットからまっかなリンゴの実を一つとりだすと、エッちゃんにさしだしました。

「カケル、はんぶんこしようか。」

「いや、そのひつようはない。そのリンゴを君の頭にのせてくれないか?」

「えっ、頭の上? どうして……?」

「えへへっ、ちょっとね。わけは、あとでわかる。」

カケルは、わらっていいました。

「どんなわけがあるのかしら?」

エッちゃんは、リンゴを頭にのせようとしました。でも、なかなかうまくいきません。

よく考えてみたら、まるい頭の上にまるいリンゴをのせるのです。うまくいかなくて、あたりまえでしょう。

その上、エッちゃんは心の中で、こんなことをつぶやいていたのです。

(もしかして、ウイリアムテルのリンゴのように、ゆみ矢でいるつもりなのかしら? 的《まと》がはずれたら、グサリ! あたし、まだ死《し》にたくないわ。でも、まさか、そんなはずないわよね。だけど、ちょっぴりこわい。)

うまくのせようとすればするほど、きんちょうでゆびがふるえました。リンゴはエッちゃんの頭にのるどころか、ころころところげおちて、カケルの足元でとまりました。

「カケル、やっぱりだめね。」

エッちゃんが、ちょっぴりはずんだ声でいうと、カケルは、

「まてよ……。そうだ！」

といって、ゆびをならしました。

とつぜん、ポケットから金《きん》のわっかをだすと、エッちゃんの頭にのせました。ぼうしにしては、きみょうなかたちをしています。

だって、まん中に大きなあながあいているのです。このわっかは、いったい何なのでしょうか？

カケルはリンゴをひろうと、わっかの上におきました。すると、リンゴは、いともかんたんにのりました。

「さすが！　頭がいいのね。」

エッちゃんは、ついついかん心《しん》してさけびました。

でも、つぎのしゅん間、ふとわれにかえると、また、きんちょうがおそってきました。

（たいへん！　りんごがのってしまったわ。ゆみ矢でいられたらどうしよう。）

そんなに心ぱいなら、いっそのことリンゴをふりおとしてしまえばいいのに、頭をゆらさないように気をつかいながら立っていました。エッちゃんは、

（大じょうぶ。カケルは、かんじんのゆみ矢をもってないもの。）

と、すぐにいやな考えをうちけして、自分をあん心《しん》させようとしていたのです。

ところが、どっこい、カケルは、まんぞくそうな顔をして、ポケットからゆみ矢をとり出しました。

「えっ、そんなばかな……。」

エッちゃんは、いっしゅん、自分《じぶん》の目をうたがいました。ひとみをあけて、もう一ど、よく見ました。

するとカケルは、ねらいをさだめ、今まさに、矢をいろうとするしゅんかんでした。

（世の中に、こんな悲しいことがあっていいのかしら……。とつぜんあそびにやってきた星で死《し》んでしまうなんて……。）

エッちゃんのむねは大きく高なって、はれつすんぜんです。

「やめて！」

エッちゃんは、むちゅうでさけびました。でも、ざんねんなことに、カケルの耳にはとどきませんでした。矢がはなたれたしゅんかん、エッちゃんは、ぎゅっと目をつぶりました。

その次のしゅんかん、カケルはさけびました。

「やった！　大せいこう。リンゴは二つになった。」

おそるおそる目をあけ、頭の上に手をやってみました。すると、どうでしょう。

頭の上から、まっかなリンゴが二つころがってきました。

「あらまっ、あらまっ。」

エッちゃんは、目をまるくしました。

ひとつのリンゴには、カケルのはなった矢がつきささっています。カケルは、その矢を大じそうにポケットにしまいこむと、あたらしいリンゴを、エッちゃんにわたしていいました。

「なかよく二人《ふたり》で食べよう。」

「ありがとう。」

エッちゃんは、一気《いっき》にかぶりつきました。すると、リンゴのあまずっぱいかおりが、体中《からだじゅう》にひろがりました。

どんなにおいしかったことでしょう。むしゃむしゃ食べました。

「あたし、こんなにおいしいリンゴ、はじめてだわ。」

きんちょうも手伝って、あっという間《ま》にしんだけがのこりました。それを見たカケルは、

「そうだろう？　このリンゴは、カケ山のちょう上にしかみのらないとくべつのものだ。地球産《ちきゅうさん》のものとは、わけがちがう。」

と、じまん気《げ》にいいました。

「もうひとつ、食べたいな。」

エッちゃんがいいました。すると、カケルは矢がささった自分《じぶん》のリンゴをとりだして、

「これをもう一ど、君の頭にのせてくれ。」

といいました。カケルは、今《こん》どは金《きん》のわっかもわすれませんでした。

「えっ、またやるの？」

エッちゃんは、おどろいた顔でいいました。

（矢をはなたれるのはこわいけれと、リンゴは食べたいしなあ。）

リンゴをのせてまよっている時、カケルは、矢をはなちました。

「やった！　大せいこう。リンゴは、七つになった。」

エッちゃんの頭の上から、まっかなリンゴがころころところがってきました。

「すごいわ。これみんな食べていいの？」

エッちゃんは、こうふんしてさけびました。むちゅうで食べました。目の前に、リンゴのしんが七つならびました。

「あははっ、君って、いがいとくいしんぼうなんだなあ。」

カケルが、わらっていいました。

「あんまりおいしかったものだから……。ところで、カケル、どうしてリンゴが二つになったり七つにふえたりするの？」

エッちゃんは、たずねました。

「それはね、この矢にひみつがあるからなんだ。」

といって、カケルは、ポケットから二つの矢をとり出していいました。

「ほら、ここに、『カケル2』とか、『カケル7』っていうきごうが書いてあるだろう？　これに、大《だい》じないみがかくされているんだ。」

「大《だい》じないみ？　あなたの名前《なまえ》じゃない。」

「いや、この『カケル』は、ぼくの名前《なまえ》と同じだけど、名前《なまえ》じゃない。もっとほかのいみがある。」

カケルは、よくわけのわからないことをいいました。

「ややこしいことをいうのね。」

「ややこしくなんかないさ。カケルには、べつのいみがあるってこと。」

「うーん。」

「あのね、ぼくは、さんすうの教科書からとび出してきたんだよ。カケルは、さんすうの大《だい》じなきごうさ。ここまでいっても、わからないかなあ。」

エッちゃんは、頭をかかえ、しばらく考えこみました。

ふと、さんすうの教科書に目をやった時です。とつぜん、ひらめきました。

「わかったわ！　かけざんのことね。」

「大せいかい！」

「そうか、矢のしゅるいによって、何倍にもなるんだ。リンゴが二つになった時は、『カケル2』の矢をはなち、リンゴが七つになった時は『カケル7』の矢をはなったってことでしょう？」

「ああ、まさに、そのとおり。」

「その矢さえあれば、この星の人たちは、すきなものが、すきなだけ食べられるってわけね。いいわねぇ。」

エッちゃんは、カケルをうらやましそうに見つめました。

「そうさ、何でも食べほうだい。だけど、ひとつだけきまりがあって、それを守らないとたいへんなことになる。」

カケルは、しんけんなひょうじょうでいいました。

「ひとつだけのきまり？」

エッちゃんがふしぎそうな顔をすると、カケルは、ポケットから、赤いひょうしの本をとりだして地《じ》べたにおきました。ずっと、手にもっていられないほど重かったのです。

「そんな重いものが入っているなんて、しんじられない。カケルのポケットは、まるで魔法《まほう》のふくろみたい！」

「ああ、ぼくのポケットは、りょうも重さもむげん大。いくらだって入る。どんなかさばるものだって、ゴマつぶほどの大きさになるし、どんなに重いものだって、一グラムほどになってしまうんだ。」

「あたしも、そんなポケットほしいな。」

エッちゃんは、うっとりしていいました。

「ぼくたちの星じゃ、みんなもってるさ。えっと、きまりは……、たしか、七万五千三百三十一ページに書いてあったはずだ。あった、あった！」

カケルは、あつい本のページをペラペラとめくって、エッちゃんの前にさし出しました。

そこには、こう書いてありました。

☆　カケ山星のきまり

この星では、自分が食べたいものやおもちゃなどへ、矢をはなつことにより何倍にもなる。しかし、倍になった食べものやおもちゃを、食べのこしたりらんぼうにあつかってすててはならない。

このきまりをやぶった者には、げんじゅうなばつがあたえられる。そのばつとは、次のようなものである。

やくそくをやぶったしゅん間、その者の身長が一ミリメートルちぢむ。


「たった一ミリメートル？　そんなの大したことないじゃない。」

エッちゃんがいいました。

「ぼくたちの星では、平均身長は、ほぼ一センチメートルくらい。どんなにせいが高いといわれる人も、一センチ三ミリメートルほどしかない。一ミリメートルもちぢんだら大ごとさ。もし、十回やぶると、すがたはなくなってしまうということなんだ。」

「こわいわ！　なんて、おそろしい……。」

エッちゃんは、ぶるぶるふるえました。

「そうだろう？　だから、この星では食べものをのこしたり、おもちゃをらんぼうにあつかう者は、めったにいない。」

カケルが、ぶあつい本をポケットにしまいこんでいいました。

4　リンゴのようせいの正体《しょうたい》は？

そこへ、ひとりの男の子が、りょう足でぴょんぴょんはねながらやってきました。ジャンプの高さは、かるくみても十センチはありそうです。

「たったの十センチ？　そんなの大したことないじゃない。」

みなさんは、口をそろえていうでしょう。

ところがどっこい、高さはたった十センチでも、身長の十ばいもはねているのです。これって、まさに、おどろくべきジャンプ力でしょう？

みどり色のスポーツシューズをはき、おそろいのランニングシャツを着ていました。口が大きくさけ、どことなくカエルににています。

「カケル、この星では、あまり見かけないけど、おきゃくさんかい？」

男の子は、かたでいきをしていいました。

「ああ、そうだよ。地球《ちきゅう》からやってきた魔女《まじょ》さんだ。」

「あたし、少し前につれてきてもらったの。名前《なまえ》はエツコ。エッちゃんてよんでね。それにしても、あなたのジャンプ力はすごいわねぇ。」

エッちゃんがかん心《しん》していうと、男の子は、

「それほどでもないよ。おいらは、カケルの友だちで『ハネル』っていうんだ。魔女《まじょ》さんにほめてもらえるなんてこうえいだ。」

と、かおをピンク色にそめていいました。

「ほんとうのことだもの。それにしても、ハネルって名前《なまえ》、あなたにぴったりだわ！」

「魔女《まじょ》さんはへんなことをいうな。おいらの名前《なまえ》がおいらにぴったりだなんて、あたり前のことじゃないか。」

ハネルは、ぴょんぴょんとはねながらいいました。どうやら、はねるのがくせみたいでした。

「ほらね、うふふっ。ごめんなさい、あたしったら、ついつい……。ゆるして、ゲプッ、ププラッピ。」

エッちゃんは、はでなげっぷをしました。

「魔女《まじょ》さん、どうしたの？」

「エッちゃん、大じょうぶかい？」

ハネルとカケルは、心ぱいそうにかけよりました。

「あたしったら、はずかしい。きっと、リンゴの食べすぎだわ。」

エッちゃんは、耳までまっかにそめていいました。そして、まるくふくれあがった自分《じぶん》のおなかを見ると、あきれ顔で、

「これじゃあ、まるでタヌキね。」

といって、おなかをたたくまねをしました。その時です。とつぜん、

「ポロロン、プルルン、ピロリン、パリロンドレミファソラシドー。」

という音がしました。

「あれれーっ！　おなかがピアノになったわ。そんなばかな！」

あわてておなかをおさえると、今《こん》どは、

「いっしょに、リンゴサンバを歌おう。」

という、声がしました。

何て、ひょうげんしたらいいのでしょう。いかにも、リンゴっていうかんじのする、あまずっぱい声でした。

バナナだったら、もう少しトロリンとあまいかんじの声がしたでしょうし、オレンジだったら、もう少しすっぱいかんじの声がしたにちがいありません。

耳をすますと、おなかの中からこんな歌が聞こえてきました。

わたしたちは　リンゴのようせい
カケ山にすんでる七《なな》姉《し》妹《まい》

しごとは　毎日歌うこと
その名は　『リンゴ合しょうだん』
まず　はじめにじこしょうかい
♪　長女のドリンー
♪　二女のレリンー
♪　三女のミリンー
♪　四女のファリンー
♪　五女のソリンー
♪　六女のラリンー
♪　七女のシリンー
さいごは　もいちど
♪　長女のドリンー

だれが欠けても　サンバはくるう
いつでも　なかよし七姉妹《ななしまい》
おなかの中はくらいけど
どこでも　ゆかいに
♪　ドレミファーソラシドー

「これは、い、いったいどういうこと？」

エッちゃんは、目を白黒させていいました。

「あはっ、かけ山のリンゴの木には、十年ほど前から、七人のようせいがすんでいる。この姉妹《しまい》たちは、歌がとってもすきでね。どこでも歌うんだ。たった今、エッちゃんに食べられた実の中には、リンゴ七姉妹《ななしまい》のようせいたちが、うまいぐあいにそれぞれ入っていて、おなかで歌いだしたってわけさ。」

カケルが、にっこりしていいました。

「ようせいたちのすがたはとうめいなので、人間たちには見えない。大きさは、ちょうどリンゴのたねくらい。とっても小さいってこともあるけどね。姉妹《しまい》たちは、たねのあるすき間で、ゆったりとくつろいでいるらしい。おなかの中で歌いおわると、ようせいたちは、また、カケ山のちょうじょうに根づくリンゴの木にもどる。体から、はき出されるためいきや、あくび、くしゃみなどといっしょに、体の中からでてくるんだよ。リンゴは食べられてなくなっても、ようせいたちがいなくなることは、ぜったいにない。」

ハネルが、ポンポンとはずんでいいました。

「あたしの体の中に、リンゴのようせいたちがいるなんて……。なんだか、どきどきするわ。それにしても、みんな、歌が上手《じょうず》ねぇ。だれかにならっているのかしら？」

エッちゃんは、やさしくおなかをさすりながらいいました。すると、ハネルは、ひとみを大きくして、

「いや、だれにもならってない。くりかえし歌っているうち、しぜんとじょうたつしたんだ。」

というと、近くの木のえだにポーンとはねあがりました。

そして、クルクルクルと三かいてんして地上におりたちました。ハネルのとくいわざです。

ぴたっとちゃくちがせいこうすると、エッちゃんは、

「ハネル、あなたのうんどうしんけいはばつぐんね。」

といってはくしゅをしました。

「それほどでもないよ。」

ハネルは、てれていいました。

「あたしのあいぼうも、たまにはせいこうするみたいだけどね。いっけない、あたしったら大《だい》じなことわすれてた。ジンを地球《ちきゅう》にのこしたままだったわ。今まで、どこへ行くのもいっしょだったのに……。」

エッちゃんは、ジンのことを思い出すと、ちょっぴりさびしくなりました。

いつもは、けんかばかりしているのに、いないと、いつものちょうしがでません。何だか、心《しん》ぱいになってきました。

「ジン、あたしがとつぜんきえて、さがし回っているんじゃないかなあ。ちゃんと、ごはんは食べたかしら……。」

エッちゃんのようすを見て、カケルがいいました。

「よし、ぼくがつれてくる。」

すばやく時計のふたをあけると、ハートがたのボタンをおしました。

「ジンをつれてきてくれるのね？」

エッちゃんがいった時、カケルはきえていました。

「カケル！　おねがいよ。」

といった時、目の前にジンがいました。たったの六びょうです。

「ジン、心《しん》ぱいかけてごめんなさい。あたしずっとここにいたの。ずいぶん、さがしたでしょう?」

「ぜんぜん、なんてのはうそ。あちこちさがし回ったよ。ぶじでよかった。」

ジンは、大げさにいいました。

ほんとうは、ぜんぜん心《しん》ぱいなどしていなかったのです。えんがわで、のんびりと、おひるねをしていたところへカケルがあらわれて、知らない間《ま》にここへきたってわけです。

ジンは、エッちゃんから今までのいきさつを聞いて、おどろきました。

ハネルが、口をひらきました。

「ジン君、こんにちは! 魔女《まじょ》さんから、君のことを聞いたよ。空中三かいてんがとくいなんだってね。」

「それほどでもないよ。」

ジンが、てれくさそうにいいました。

「あのね、七姉妹《ななしまい》たちが、リンゴの木にすみはじめたころ、カケ山のちょうじょうに、白い鳥がやってきた。ほとんど同じころだったときおくしている。すみかは、もちろんリンゴの木さ。この鳥は、まるでしごとのように、くる日もくる日も歌った。雨の日も風の日も、あらしがふきあれる雪の日も、休まずに歌った。でも、これがまた、すごいおんちなんだ。歌っても歌っても、じょうたつしない。音があっちこっちはずれる上に、ひどいだみ声。まともに聞いているると頭がおかしくなるほどだった。リンゴのようせいたちは、がまんできなくて、耳をふさいでいるらしい。」

カケルが、耳をおさえるようなかっこうをしていいました。

「うふっ、おんちな鳥っていうのも、めずらしいわね。」

エッちゃんが、わらっていいました。

「いろんな人がいるように、鳥にもいろんな鳥がいるのさ。ところで、この鳥は、月日がたつうちに、まるで炎のようなはねになったんだ。」

「まっ白い鳥がまっかに！」

エッちゃんは、おどろいていいました。

「その鳥を一ど、見てみたいな。」

ジンのひとみが、エメラルド色にかがやきました。


「どっこいしょ。」

エッちゃんが、木のねっこにこしをおろした時、おなかの中から声が聞こえました。

「あらっ、また七姉妹《なな　しまい》が歌いだしたみたい。ジン、あんたもここにおいで！　いっしょに聞こう。」

エッちゃんとジンは、耳をかたむけました。それは、ついさっき、カケルとハネルが、バナナの木まで走りだしたしゅん間のできごとでした
「あの木まで、きょうそうしようか。」

「ぼくも足がむずむずしてきたところさ。」

といって、二人《ふたり》がとつぜんきえたのです。

「ずいぶん小さい声ね。」

エッちゃんが、つぶやきました。

「歌じゃないみたいだよ。」

ジンが、エッちゃんのおなかに耳をあてていいました。

あのね、魔女《まじょ》さん聞いてほしいの。わたしたち、リンゴのようせいなんかじゃない。ほんとうは、地球《ちきゅう》にすむ人間の子どもなの。パパとママと、わたしたち七人姉妹《しまい》。合わせて九人で、そりゃあ楽しくくらしてたわ。

十年前、家ぞくでこの星にあそびにきたの。あんまりうれしくって、わたしたちついついはしゃぎすぎちゃった。

わがままほうだい、すきかってなことをしていたら、とつぜん、リンゴの実にとじこめられてしまったの。あれから十年がたとうとしている。わたしたち、人間にもどりたい。あなたは、魔女《まじょ》でしょう？　おねがいだから、「サッチョンパッ。」って呪文《じゅもん》をかけて、もとのすがたにもどして！

そして、いっしょに地球《ちきゅう》につれて帰ってほしいの。パパとママも、どんなに心《しん》ぱいしていることか……。

早く会いたい。

エッちゃんは、ぞっとしました。

「たいへんだわ。子どもたちをたすけ出さなくちゃ。」

5　コケルがもってきたもの

　そこへ、また、一人《ひとり》の男の子が、のろのろとやってきました。歩いているとちゅうで、とつぜん、道ばたの石につまずいてころびました。

「大《だい》じょうぶ？」

エッちゃんが心《しん》ぱいしてかけよると、その男の子は、にこっとして、

「平気さ。ころぶのはなれている。」

といって、のんびりと立ちあがりました。

黄色のスポーツシューズをはき、おそろいのランニングシャツをきていました。目玉がとび出して、どことなくカタツムリににています。

「はじめまして。ぼくの名前《なまえ》は『コケル』。どうぞよろしく。」

と、やっぱりのんびりとしたちょうしでいいました。

「あたしの名前《なまえ》は、エツコっていうの。あわてんぼうでしっぱいばかり。しゅぎょう中の魔女《まじょ》よ。どうぞ、よろしく。」

エッちゃんがじしんなくいうと、コケルはうれしくなって、

「じつは、ぼくも、しゅぎょう中のランナーなんだ。でも、ころんでばかりで、ちっともはやくならない。ちょっぴり、君とにてるかもしれない。なんだかうれしくなってきたよ。」

といって、右手をさしだしました。あくしゅをしようと思ったのです。

その時、一歩前にふみだしたつもりの足が、うしろ足にからまってまたころびました。

「コケルっていう名前《なまえ》も、あなたにぴったりね。うふふっ。ごめんなさい。大《だい》じょうぶ?」

というと、エッちゃんは、コケルをたすけおこしました。

「ありがとう。魔女《まじょ》さんに手をひいてもらえるなんて、こうえいだ。ところで、さっきの話だけど、ぼくの名前《なまえ》はぼくじしんのもの。ぴったりしていてあたり前。もし、だれかほかの人にあっていたら、ややこしいだろう?」

コケルは、ほこりをはらいながら、てつがく者のような顔をしていいました。すると、ジンは、

「そのとおりだ。君は、頭がきれる。ぜひ、ぼくの友だちになってほしい。よき話しあいてになるだろう。ああ、うっかりして、わすれるところだった。ぼくは、あわてんぼう魔女《まじょ》のあいぼうで、名前《なまえ》は、ジンっていう。」

と、まじめくさっていいました。

「すまないが、ぼくは、今さっき、君たちの話を聞いてしまった。べつに、聞こうとしていたわけじゃない。聞こえてしまったんだ。じつは、ぼくの耳には、一キロ先でなく蚊《か》の音まで、せいかくに聞きとれるセンサーがついているんだ。」

コケルが、耳をつきだしていいました。大きさは顔の半分くらいあります。

「一キロ先でなく蚊《か》の音？　そいつはすごい！　さすがに、りっぱな耳をしている。」

「いいわねぇ。ないしょ話だって、しっかりと聞ける。」

ジンとエッちゃんは、うらやましそうな声をあげました。すると、コケルは、

「聞こえすぎるというのは、いいことばかりじゃないさ。聞きたくないうわさ話や、聞いてはならないひみつまで、全部聞こえてしまうんだ。よけいな心《しん》ぱいやくろうが、たえない。」

と、こまった顔をしていいました。

「聞こえすぎるっていうのも、なやみのたねなのね。あたし、今まで、そんなこと考えもしなかった。」

エッちゃんは、ひたいにしわをよせました。

「何ごとも、ほどほどが一ばんてことさ。そんなことより、ぼくは、ここに、伝説《でんせつ》の赤い鳥をもってきた。」

「えーっ！　ほんとう？」

エッちゃんの口は、ぽっかりとあいたまま、しばらくふさがりませんでした。

「ぼくは、さっきまでカケ山にいた。たった今、おりてきたところさ。たまたま、カケ山のちょうじょうについた時、君たちの話し声が聞こえてきた。それが、聞きなれない声だったもので、

ぼくは耳をすました。そよ風がふくと、リンゴのはがさらさらなった。その音にまじって、だれかが、『その鳥を一ど、見たいな。』とつぶやいた。この耳でたしかに聞いた。ぼくがリンゴの木を見あげると、赤い鳥はぼくのすぐ頭の上にいた。目を見つめると、みつめかえしてきた。とっさにゆびをだすと、赤い鳥はパタパタとんできて止まるじゃないか。ぼくには、それが、『どうか、そこへ、つれていってほしい。』という合図《あいず》に聞こえた。というわけで、ぼくたちは、いっしょにカケ山をおりてきた。」

コケルは、目をぱちくりさせていいました。

「赤い鳥はどこ、どこにいるの？」

エッちゃんは、こうふんしてさけびました。

「まあ、あわてるなよ。」

というと、コケルはゆっくりとぼうしをとりました。

するとどうでしょう。ぼうしの中から、まるでほのおのようなはねをした鳥が、パタパタととびだして、コケルのひとさしゆびにとまりました。

「うわぁ。まぶしい！」

ジンは、うしろにとびはねました。

「ああ、火の鳥みたい！　これが、伝説《でんせつ》の赤い鳥なのね。」

エッちゃんは、目をほそめていいました。あまりのまぶしさで、目をあけていられなかったのです。

鳥は、まるで、ほのお色のスポットライトをあびたように、まぶしく光っています。あたりはきゅうに、夕やけのようにまっかにてらしだされました。

「この鳥のせいしきな名しょうは、『リンゴ鳥』っていうんだ。カケ山のちょう上にしか生息《せいそく》していない。なぜなら、ここで生まれ、ここで育ったからだ。うそだと思うなら、この広大《こうだい》な宇《う》宙《ちゅう》を、くまなくさがしてごらん？　どんなにせいのうのいいコンピューターをつかっても、人工えい星をとばしても、見つからないはずだ。」

コケルがいいました。

「そう、リンゴ鳥っていうの。きっと、リンゴのように赤いから、その名前《なまえ》がついたのね。」

エッちゃんは、かん心《しん》していいました。

「だけど、はじめのころは、はとのように白かったんだって。でも、まい年、まっかなリンゴがみのるたびに、年々《ねんねん》、赤くそまってきたらしい。ぼくのおばあちゃんが、そうおしえてくれた。」

「カケルも同じことといってたわ。でも、目の前にして見ると、はじめは白かったなんて、まったくそうぞうもつかない。」

「ああ、ぼくだって同じさ。この鳥には、どくとくの気品《きひん》とじょうねつがある。もえるほのおのような色が、あんまりぴったりとあっているので、この話を聞いた時はまさかと思ったよ。」

「やっぱりね。この鳥のもつかがやきは、ほかのどんな鳥もまねができない。生まれた時からそなわっている、育ちのよさみたいなものがかんじられるの。」

エッちゃんは、うなずいていいました。

「そうそう、この鳥は、はねの色が赤くそまるたびに光を発するようになったんだ。はじめのころ、くらやみの中ではさっぱり見えなかったらしい。今じゃ、くらい夜道《よみち》も明るくてらしだす。だから、べつ名『ホタル鳥』ともよばれてるんだ。おかげで、ぼくたちは、ま夜中《よなか》でもカケ山をのぼることができるんだ。」

コケルは、うれしそうにいいました
「だけど、君は時間がかかりすぎる。ぼくたちは、一時間もあればゆうゆうとのぼっておりるのに、七時間もかかるんだもん。のんびりだから、その分ゆうゆうとおりてくるかと思えば、いきもあらい。」

「山の上で、何かとくべつなトレーニングでもしているのかい？」

カケルとハネルが、ふしぎそうな顔でいいました。

二人《ふたり》はかけっこをおえて、もどっていたのです。しょうぶは、やっぱりひきわけ。

おたがいにまけずぎらいなので、かちをゆずりません。それだけ、きびしいトレーニングをつんでいるのです。

コケルは、二人《ふたり》の顔を見つめると、のんびりとしたちょうしで、

「いや、何もしていない。ちょう上にのぼっても、すぐにおりてくる。ぼくがおそいとしたら、おそらくころんでいるせいだ。」

といって、あしを見せました。

あちこちに、たくさんのきずあとがありました。ひざには、まっ白いほうたいがまかれています。

「まず、ころぶくせをなおした方がいいよ。君は、トレーニングがたりないんだ。」

ハネルが、きびしい顔でいいました。

「ひどいことをいうなよ。ぼくは、毎日走ってる。」

「それじゃ、おいらをつかまえてごらん？」

というと、ハネルは、とつぜん、走りだしました。

「いいよ、つかまえてみせる。」

コケルは、けんめいにおいかけました。

　あと少しという時です。足がからまって、また、すってんころりんところんでしまいました。

「あいたたた……。」

ひざのほうたいはまっ黒け。どうやら、同じところをうってしまったようです。

「大《だい》じょうぶかい？」

ハネルが、すぐにかけよりました。カケルもあわててかけだしました。

　その時、エッちゃんのせなかの方から、

「魔女《まじょ》さん。」

という声がしました。

6　リンゴ鳥の正体《しょうたい》は？

ふりかえると、リンゴ鳥が、ゆっくりと口ばしをうごかしていいました。

「魔女《まじょ》さん、どうか、わたしの話を聞いてください。」

「たいへん！　リンゴ鳥がしゃべったわ。」

エッちゃんがおどろいていうと、ジンも、

「ああ、ぼくもたしかに聞いた。」

と、体中《からだじゅう》の毛をさかだてていいました。

「魔女《まじょ》さん、ジン君、おどろかせてごめん。ぼくは、少し前、君たちがこの星にきたのを知った。いつものように、リンゴの木でぼんやりテレビを見ていたら、とつぜん、がめんにうつったんだよ。」

といいながら、まっかなはねを広げました。はねのりょうはしを頭の前で合わせると、とつぜん、はねは、大きながめんになりました。少しすると、エッちゃんとジンがうつしだされました。

「あらまっ、あたしだわ。」

「こりゃまた、すごい！」

がめんには、ぽかんと口をあけた二人《ふたり》の顔がうつしだされました。

「ぼくのはねは、スクリーンになっていて、はねをあわせると、電気がおこるしくみになっている。このスクリーンは、どんな小さなじけんもみのがさない。よろこびも、かなしみも、すべてうつしだすんだよ。おかげて、カケ山のちょうじょうにすんでいるけれど、宇宙《うちゅう》でおこっていることが手にとるようにわかる。」

リンゴ鳥は、とくいになっていいました。

「まるで、魔法《まほう》のテレビね。」

エッちゃんが、にっこりしていいました。

「魔法《まほう》といえば……、魔女《まじょ》さん、あなたはしょうしんしょうめいの魔女《まじょ》じゃないか。じつは、おねがいがあって山からおりてきたんだ。」

リンゴ鳥は、あらたまったひょうじょうでいいました。

「おねがい？　あたし、魔女《まじょ》といっても、しゅぎょう中の身なの。まだまだかけだしで、何もできないわ。」

エッちゃんは、こまった顔でいいました。

「そんなことをいわないで、ぼくの話を聞いてほしい。この日を、どんなにまちわびていたことだろう。ぼくは、君たちに会うゆめを、何ども見た。でも、目がさめると、いつもきえてしまっていた。しょうじきな話、『魔女《まじょ》さんが、この星にくるなんてことあるはずがない。もうだめだ。』って、あきらめていたんだ。でも、今、目の前にほんものの魔女《まじょ》さんがいる。どうか、今《こん》どこそゆめではありませんように……。」

リンゴ鳥は、目をうるませていいました。

「赤い鳥さん、あん心《しん》していいよ。これは、ゆめじゃない。そのしょうこに、ぼくたちはきえないだろう。」

ジンが、元気づけるようにいいました。

「そうだったの。あたしったら何も知らないものだから、ごめんなさいね。役にたつかわからないけれど、あなたの話を聞かせてもらうわ。」

エッちゃんがふかぶかと頭をさげていうと、リンゴ鳥は、まんめんのえがおをうかべて、

「ありがとう、うれしいよ。」

といいました。

はねでなみだをふくと、スクリーンはきえました。リンゴ鳥は、しずかに話しだしました。

「もう、百年も前のことだ。ふらっと、この星にあそびにやってきた。大きくそびえたつカケ山にのぼると、小さなリンゴの木があった。えだには、大つぶのリンゴの実が七つ、まっかにうれてぶらさがっていた。風にふかれると、えだがおれそうなほどにゆらゆらゆれた。そう、メ

ロンほどもあったよ。一つ食べようと手をのばしたが、すぐにはとれない。ぼくは、『どうせ一人では食べきれない。のこすのも、もったいない。』と思ってあきらめたんだ。それいらい、リンゴの実を見に、まい年、カケ山にのぼるようになった。」

「リンゴは、そんなに大きかったの？」

エッちゃんは、目をまるくしていいました。

「ああ、七つの実が、地下のえいようをたっぷりすっていたんだろうな。その上、山のちょうじょうは、お日さまにも近い。日当たりもばつぐんだ。年々《ねんねん》、リンゴの木は、えだをのばして大きくなった。ところが、ふしぎなことに、リンゴの実は七つだけ。それいじょうはふえなかった。ますますリンゴは大きくなった。八十年ほどすると、ついにスイカほどの大きさになった。ぼくは、もうとって食べようなんて思わなかった。この星にやってきてリンゴのせいちょうを見るのが楽しみになった。まい年、きているうちに、あいじょうがふつふつとわいてきたんだ。ぼくは、かってにリンゴの親になっていた。」

「リンゴがスイカの大きさだなんて、あたしにはそうぞうできない。一どでいいから、食べてみたいな。きっと、お日さまのかおりがしてあまいんだろうな。」

エッちゃんがうっとりしていうと、ジンは、

「まったく、あんたは、くいしんぼうなんだから。あきれるよ。鳥さん、ごめんなさいね。」

といって、リンゴ鳥に頭をさげました。

「いいんだよ。話を聞けば、だれだって食べたいと思うさ。ちょうど、そのころ、科学がすすみ、地球《ちきゅう》の人間たちも、この星に、ぱらぱらとやってくるようになった。はじめのころは、野山をあるき回り、草花をかんさつしたり、バードウオッチングしたりして帰っていった。それだけ

で、十分《じゅうぶん》まんぞくそうだった。ところが、何年かするうちに、この星のひみつに気づいてしまったんだ。ここでは、魔法《まほう》の矢でいると何でも倍になるだろう？　わがままほうだい、すきかってなことをする人間たちが、あらわれてきたんだ。ぼくは、いかりがばくはつして、その人間たちをリンゴの実にとじこめてしまった。リンゴの数にあわせ、ちょうど七人をえらんだ。今から、十年ほど前の話さ。」

リンゴ鳥はそこまでいうと、はねをぎゅっととじ、うつむいていいました。まるで、何かにおびえているようでした。

（リンゴの実に人間たちをとじこめたのは、赤い鳥だったんだわ。）

エッちゃんは、はっとしました。この星についた時、リンゴのせいたちがうたったサンバを思い出したのです。

「そうだったの。」

エッちゃんは、どうこたえていいのかわからず、あわててうなずきました。

「魔女《まじょ》さん、ぼくが、人間たちをとじこめたつぎの日、ふしぎなことがおこったんだ。今まで、七つしかなかったリンゴの実が、ひとばんで、およそ百ばいにふくれあがっていた。そして、スイカほどもあったリンゴの実は、もうどこにもなかった。いや、せいかくにいうと、けっしてなくなったのではない。にぎりこぶしほどの、ふつうサイズになったので、外見では、ほかのリンゴと、くべつがつかなくなってしまったんだ。ぼくには、何がおこったのかわからなかった。とつぜん、頭の中がまっ白になった。」

「そうでしょうね。その気もちわかる。」

エッちゃんが、ふかくうなずきました。

「ところで、七人の人間たちをどうやってえらんだの？」

ジンが、きょうみしんしんの顔でたずねました。すると、リンゴ鳥は、まってましたとばかりに話しだしました。

「いぜん、ここに、七姉妹《ななしまい》があそびにやってきたことがあった。その時のことだ。今でもわすれないよ。お店のガラスをわってケーキをぬすみ食いしたり、わくわく通りのピーチ色したかべにらくがきしたり、森の動物たちをつかまえて手足をしばったりした。その上、かけ山のちょうじょうのリンゴの木にのぼり、えだをおったり、大つぶの実をとろうとぼうでつついたりした。まあね、スイカリンゴは、少しくらいの力ではとれないほど、しっかりとえだについていたから大じょうぶだったけど……。おそらく、おすもうさん十人が、両手でひっぱってもとれなかったと思うよ。おまけに、この星にきたしるしだといって、みきにサインしようと、ナイフまでもちだしたんだ。あんまりすきかってなことをやるので、ぼくはついかっとなった。木を見あげるとスイカリンゴの実は七つ、風にふかれてゆれていた。その時、とつぜんひらめいた。『この姉妹《しまい》たちを、リンゴの実にとじこめよう。』ってね。」

「そんなことがあったの。」

エッちゃんは、うなずきました。そして、こわさで、一しゅん、ぶるぶるっとふるえました。

「ぼくは、すぐに、七姉妹《ななしまい》のことをしらべてみた。はねのスクリーンは、過去《かこ》のこともうつしだすことができるんだ。すると、この姉妹《しまい》には、それぞれにとくゆうのくせがあることがわかったんだ。人間たちは、それぞれにくせをもっている。この世に、くせのない者など、おそらくいないだろう。ことわざにも、『なくて七くせ』というのがあるくらいだ。だから、くせなど大したことじゃないといってみれば、それまで。だけど、あの時は、がまんできなかった。ぼくは、そのくせをなおさないと、一生、人間にはもどれないようにした。ところが、ぼくのしたことが、パパのいかりにふれてしまった。『たった、一時のかんじょうで人間たちをリンゴの実にとじこめてしまうとは、ごんごどうだん。かみさまは、いつでも、大きなあいと大らかな心をもって、人間たちを見まもっていかねばならんのじゃ。だのに、お前ときたら、少しのことでかっかしおって……。まだまだ、しゅぎょうがたりん。』といって、ぼくを、まっ白い鳥にしてしまわれた。それから、十年がたとうとしている。月日のながれは、おそろしいものだ。あんなにきらいだった歌を、くちずさむようになった。」

「鳥にされた？　あなたははじめから、鳥ではなかったの？」

エッちゃんは、どきどきしながらたずねました。

「そのとおり。やっぱり、魔女《まじょ》さんだ。かんがいい。じつは、今日《きょう》、すべてをうち明けようと思ってやってきたんだ。じつは…、あのね、しんじられないかもしれないが、ぼくは、かみさまなんだ。」

「ええーっ。ほっほんとう？　ひぇ――。」

エッちゃんが、すっとんきょうなさけび声をあげました。すると、ジンもまた、

「そいつは、すごい！」

といって、ピョンピョンとはねました。

「ああ、ほんとうだとも。でも、かみさまといっても、まだ子ども。しゅぎょう中の身でね。あちこちをりょ行中《ちゅう》だったんだ。でも、あの日いらい、ぼくは、ずっとここにいる。まい日、『パパ、どうかゆるしてください。』とおねがいしているが、いっこうに鳥のままだ。ぼくは、一生、鳥のままなんだろうか？　ふあんになったぼくは、いつしか、魔女《まじょ》さんのすくいをまつように

なった。」

「そうだったの。」

エツちゃんは、ポツンといいました。

あまりにいろんなことがありすぎて、すぐに、頭がついていきません。そういうのがやっとだったのです。

「魔女《まじょ》さん、ジン君、どうかぼくをたすけてください。パパは、もう、ぼくのことをきらいになってしまったにちがいない。」

リンゴ鳥は、なきながらいいました。少しすると、なみだが池になり、そのうちあふれてながれ出しました。

「なくなよ。お父《とう》さまは、けっして君のことがきらいになったわけではない。『かわいい子にはたびをさせろ。』ってことわざがあるだろう。すきだからこそ、きびしくしつけておられるんだよ。つらいのは、君だけじゃない。お父《とう》さまだって、もちろん、お母《かあ》さまだって君といっしょにたえておられるんだ。」

ジンがなだめるようにいいました。

するとようやく、リンゴ鳥はなきやみました。目が、まるでルビーのようにかがやきだしました。

「かみさまっていうのは、悪いことをした人間たちをこらしめて、これからは正しく生きていこうとみちびいていくものだろう？　ところが、まだ、子どもだった君は、人間の子どもたちに、そのままいかりをぶちまけてしまった。ぼくの考えでは、君のパパは、いや、かみさまは、こう思って鳥にかえたんだと思う。」

ジンが、ひとことひとことをかみしめるようにいうと、エッちゃんは、うずうずしたようすで、

「ジン、そのつづき、あたしにいわせて！」

と、いいました。

「いいよ。」

「たぶんだけど、かみさまは、人間たちをリンゴの実の中にとじこめてしまったのと同じように、あなたを鳥にしてかごの中にとじこめてしまわれたのよ。かごっていうのは、もちろんカケ山のリンゴの木。」

「どうして？　そんなことを……。ぼくにはわからないよ。」

リンゴ鳥は、ちんぷんかんぷんの顔でいいました。すると、エッちゃんがすぐに、

「きっと、親のあいがそうさせたんだと思うの。気もちっていうのは、ことばでいってもせいかくにつたわらないでしょう？　たいけんするのが一ばん。そこで、とじこめられる苦しみを、あなたにあたえたのよ。きびしいほど、あたたかいあいじょうだといえる。さすが、かみさまだわ。」

エッちゃんが、かん心《しん》していいました。

「ほんとうにそうだったら、うれしいんだけど……。」

リンゴ鳥が心《しん》ぱいそうにいうと、ジンは手を大きくよこにふって、

「そうにきまってる。それいがいに何もないよ。君はうたぐりぶかいようだ。かみさまは、もう少《すこ》し人のことをしんじた方がいいと思うよ。」

と、わらっていいました。

　すると、リンゴ鳥も、おかしくなってふきだしました。

「そのちょうしよ。あははっ……。」

エッちゃんも、いっしょになってわらいだしました。

「ところで、どうしたら、もとのすがたにもどれるんだろう？　ぼくは、長いこと、考えつづけてきた。」

リンゴ鳥は、とつぜんまじめな顔になっていいました。

「それは、たぶん、リンゴにとじこめられた人間たちが、もとのすがたにもどって、地球《ちきゅう》に帰ることだと思うわ。」

エッちゃんは、ひとみをかがやかせました。

「そうか……、でも、どうしたら、人間にもどすことができるんだろう？」

「それは、あなたがきめたんじゃないの。七人の子どもたちが、それぞれのくせをなおすことだわ。」

「わかった、全力《ぜんりょく》でやってみるよ。ぼくは、自分《じぶん》でやったことにたいして、せきにんをとるってことだな。魔女《まじょ》さん、ジン君、いっしょについてきてくれないか。」

リンゴ鳥は、はねをあわせておがむようにいいました。

「オーケー、かみさま、おやすいごよう。」

「まかせてくれ。かみさま。」

二人《ふたり》の声は、青い空にひびきわたりました。

「ぼくの名前《なまえ》はサミーっていう。小さいころに、かみさまっていうのをうまくいえずに『サミー』っていったのが、はじまりだった。これからはそうよんでくれ。」

リンゴ鳥のなみだは、すっかりかわいていました。

7　リンゴから七姉妹《ななしまい》をだすには?

「サミー、ところで、七姉妹《ななしまい》のくせって、いったい何だったの?」

サミーは、わきのポケットから、手ちょうのようなものをとりだすと、

「それぞれに、こうなっている。」

といって、メモしたものを読みました。

♠七姉妹《ななしまい》のくせ

♪　長女のドリン　どろぼうぐせ
♪　次女のレリン　れいぎ知らず
♪　三女のミリン　みえっぱり
♪　四女のファリン　ファストフードずき
♪　五女のソリン　そうじぎらい
♪　六女のリン　らんぼう者
♪　七女のシリン　しんぼうできない

「七人とも、どくとくのくせがあるのね。でも、人間の子どもたちによくありそうなくせばかり。」

エッちゃんがいいました。

「あせらず、一人《ひとり》ずつ直すしかない。あんたに、ぴったりするくせもいっぱいだな。れいぎ知らずで、みえっぱりで、楽なことしかやらない。いっしょに、なおしてやろうか？」

ジンがいじわるくいうと、エッちゃんは、

「ジン、そのことば、あんたに、そのままおかえしするわ。人の部屋《へや》にノックもしないで入ってきたり、となりの家の台所からアジのひものをよこどりしたり、朝のさんぽの時はねんいりに毛づくろいして、メスネコにウィンクしたり、まだまだあるわ。それなのに、よく人のことがいえるわね。」

と、口をとんがらせていいました。

「二人《ふたり》とも、まあまあ。」

サミーが、心《しん》ぱいそうな顔をしました。

「ごめん。つい、やっちゃったわ。でも、気にしないでね。これが、あたしたちの会話なの。」

エッちゃんがいうと、サミーは、

「もしかして、『けんかするほど、なかがいい』ってこと？」

と、二人《ふたり》にたずねました。

「そういうことにしておこう。今、ぼくたちには、けんかしているひまなどない。」

ジンが、明るくいいました。


「さっそく、行動かいしよ。サミー、ジン、よういはオーケー？」

エッちゃんが、元気よくさけびました。

「オーケー！」

「オーケー！」

「まずは、カケ山にのぼって、リンゴの実から、七姉妹《ななしまい》をたすけださなくちゃ。」

エッちゃんがいいました。

「でも、どうやって？」

サミーは、はねを休めて考えました。

　その時です。とつぜん、ジンは、じまんのしっぽをぴんとたてました。

「そうだ！　こうしたらどうだろう。うん、ぜったいいける。」

「何かいい考えでもうかんだの？」

エッちゃんは、こうふんしていいました。

「さっき、あんたがリンゴを食べた時、七姉妹《ななしまい》たちはおなかの中で歌ってた。たしかにいたんだ。ところが、歌いおわると、すぐにいなくなってしまっただろう？　どこへ行ったと思う？」

ジンがたずねると、エッちゃんは、

「それは、さっきハネルから聞いたばかり。カケ山のちょうじょうに根づく、リンゴの木の実にもどっていったんでしょう。」

と、目をぱちくりとまばたきさせていいました。

「大せいかい！　そこをねらうのさ。」

ジンがさけんだ時、サミーがしずかにいいました。

「せいかくにいうと、リンゴのせいたちは、実の中にもどるんじゃない。カケ山のちょうじょうにすむ風が、七姉妹《ななしまい》たちをそうじきのようにすいとるんだ。そのスピードときたら、台風なみさ。さか道を、目にもとまらぬはやさで、びゅんびゅんとかけのぼる。かけのぼってかけのぼって、ちょうじょうのリンゴの木までくると、七姉妹《ななしまい》は、まっ赤にうれた実をえらびだしてだきつくんだ。そのしゅん間、風のやつが、さいごのひとおし。両手で、かのじょたちのせなかを力強くおすんだ。すると、七姉妹《ななしまい》は、しぜんと、実の中にひきこまれていく。」

「えーっ、まるで、カケ山の風にのろわれてるみたい。何だかこわい話ね。」

エッちゃんが、声をふるわせていいました。

「じつは、十年前のあの日、風のじいさんにこう命《めい》じたんだ。『子どもたちのわるいくせがなおるまで、実の中にとじこめておいてほしい。それまでは、どんなことがあっても、にがさないで見はっててくれ。』ってね。風のじいさんはせいじつで、その命令《めいれい》を、じつにちゅうじつに守っている。だから、七姉妹《ななしまい》がどこへにげても、むだ。じいさんが、一ぱつ大きないきをすいこむと、かんたんに、実の中にひきもどされてしまう。もう何千回、同じことをくりかえしているだろう。」

サミーは、ひとむかし前をふりかえっていいました。

「うれた実をえらべば、人間たちのおなかに入り、うまくいけば、にげられるって思ってるんだ。」

ジンがいうと、そのことばをさえぎるかのように、サミーが、

「はじめのころは、そう思っていたにちがいない。だけど、この十年間、しっぱいばかり。その数たるや三千回をかるくこえる。これは、はんぱな数じゃない。あきらめるのがふつうだ。ところが、あきらめるようすもなく、同じことをくりかえしている。きっと、何かほかのわけがあるにちがいない。そうでなきゃ、こんなにつづくはずがない。」

と、首をかしげていいました。

「とうてい、にげられないってわかっているのに、七姉妹《ななしまい》はうれた実をえらぶ。どうしてかしら……？　うーん。」

エッちゃんも、いっしょになって首をかしげました。

　しばらくすると、とつぜん、ジンが大声をはりあげました。

「わかったぞ。おなかの中で歌いたいんだ。きっと、じまんの声をひびかせたかったにちがいない。」

「たしかに、おなかの中に入ると、七姉妹《ななしまい》は歌ってた。だけどね、ただ歌うだけなら、リンゴの

木でじゅうぶん。いちいち、食べられて、おなかに入るひつようはなかったはずだ。」

サミーがいうと、ジンはがっくりとかたをおとしました。

「そうだわ！　会いたかったのよ。リンゴの木では、おたがいの顔も見れないし、手をとりあって、ゆっくりとおしゃべりもできない。おなかは、七姉妹《ななしまい》が再会《さいかい》できる、ゆいいつのくつろぎの場所だったんじゃないかしら……。」

エッちゃんが、ひとみをかがやかせて、いっせいにそろうなんてむりな話。

「そうか！　だけど、七姉妹《ななしまい》が、いっせいにそろうなんてむりな話。あんたは、とくべつくいしんぼうだったから、一時《いっとき》に七つも食べたけど、ふつうの人はむり。せいぜいひとつがげんどってところだろう。たった一人《ひとり》じゃおしゃべりもできない。」

ジンがいうと、サミーは目をかがやかせて、

「ところが、ジン君、たいていの人は、ペロリッと、一気《いっき》に七つ食べてしまうんだ。どうしてだと思う？　じつは、七姉妹《ななしまい》は、魔法《まほう》のエキスをもっていたんだ。そのエキスにはたび人が、つづけて食べたくなる、とくべつなくすりが入っていた。これは、ついせんだって、おしゃべりなカラスのおばさんから聞いた話さ。プレゼントしてくれたのは、どうやらお日さまらしい。今まで、どんなに考えても、お日さまのプレゼントの意図《いと》がわからなかった。でも、君たちのおかげでようやくわかったよ。」

と、いいました。

「お日さまは、いきなプレゼントをしたものだ。七姉妹《ななしまい》たちに出会いの場をあたえるなんて……。なかなか考えつかない。さすが、お日さまだ。」

ジンは、かん心《しん》していいました。

「七姉妹《ななしまい》たちは、どんなにうれしかったことだろう。ぼくは、お日さまにかんしゃしている。リンゴにとじこめておいて、こんなことをいうのはへんだけど、本気でそう思っている。両親や姉妹《しまい》とはなればなれになって十年になる。一目会うだけで、元気が出たにちがいない。ぼくだって、パパとママにどんなに会いたいことか。一目だけでいい……。」

サミーは、またなみだぐみました。

「元気だして！　サミー、あたしたちがついてるわ。だから、もうなかないで！」

「ごめん、ぼくは、この十年の間に、なみだもろくなってしまったんだ。エヘヘッ。もう大じょうぶ。」

サミーは、わらってみせました。

「よかった。ところで、さっきの話だけど、あん心《しん》したわ。あたしも七つ食べたけど、とくべつに、くいしんぼうってわけじゃなかったのね。」

エッちゃんがえがおでいうと、ジンは、

「そうかなあ？　あんたのばあいは、エキスなどなくたって、食べていただろう。」

と、からかっていいました。すると、エッちゃんは、

「ひどいあいぼうだわ。ジン、あんたとは、こんりんざいえんをきらせてもらうっ。」

と、ぷりぷりしていいました。

　いつもなら、これくらいのじょうだんは、わらってすんでいるはずでした。ところが、虫のいどころがわるかったのです。

「ああ、ぼくだって……。」

ジンの目もさんかくになり、いじわるるギツネのようになりました。

「二人《ふたり》とも、さっき、ぼくをたすけてくれるって、やくそくしたばかりじゃないか。ぼくはどうなるんだい？」

サミーは、さびしそうにうつむきました。

しばらくの間、ちんもくがながれました。いじわるカラスが三人の頭の上を、バカーバカーとないてとんでいきました。

その声で、エッちゃんが、ふとわれにかえりました。

「ごめんなさい。べつに、サミーをかなしませるつもりはなかったの。あたしったら、また、わるいくせがでちゃったわ。」

「ぼくもあやまるよ。サミー、少しのことではらをたてるなんて、大人気《おとなげ》なかった。君を、心からたすけたいと思ってる。その気もちにうそはない。だから、サミー、ゆるしてくれ。」

エッちゃんとジンは手をあわせて、まるで、おがむようなかっこうをしました。

「あやまるなんて、やめておくれ。でも、ほっとしたよ。あん心《しん》したら、おなかがすいてきた。そうだ！　ぼくの部屋《へや》にこないか？　やきたてのアップルパイがあるんだ。」

「わっ、うれしい！　すぐに食べたい。」

エッちゃんは、こうふんしていいました。

「やっぱり、あんたは……。」

ジンは、とちゅうでことばをとめました。

「さあ、ぼくのはねにつかまって！」

二人《ふたり》がまっかなはねに手をのばすと、サミーは、空高くまいあがりました。

まっさおな空に、シュークリームのような雲がプカリプカリとうかんでいます。うまれたての風にふかれ、なんていい気もちでしょう。

　下を見ると、山には、たくさんの木がありました。

「くだものの木がいっぱいだわ！」

「ああ、バナナに、ミカンに、サクランボにスモモに、パイナップルに、山ブドウに、クリに……。すごいなあ。くだもののオンパレードだ。」

「あれっ、イチゴの木？」

エッちゃんは、いっしゅん、目をうたがいました。

「そんなばかな。でも、たしかに、あれはイチゴだ。」

ジンも、おどろいていいました。すると、サミーがわらって、

「あははっ、そうだよ。はじめてくる人間たちは、イチゴの木を見て、みなおどろく。ついさいきん、イチゴの木のさいばいがせいこうしたばかり。ひとつの木に、およそ一万つぶの実がなるんだ。しかも、年中《ねんじゅう》実をつける。この星には、ほかにもたくさんのくだものの木やおかしの木がある。」

「おかしの木？」

「ああ、そうだよ。はんたいがわのしゃめんにはおかしの森が広がって、チョコレートやキャラメルやガムの木、ほかにもホットケーキやクッキーの木がある。」

と、いいました。

「うわーっ、いいなあ。あたし、この星にすもうかな。」

「さかなの木はあるかい？」

ジンがたずねると、サミーははねをよこにふって、

「ざんねんだけど、それはない。」

と、もうしわけなさそうにいいました。

　その時、ちょうどカケ山のちょうじょうにつきました。サミーは、リンゴのみきの下ほどにあいている小さなあなに、二人《ふたり》をあんないしました。

「さあ、どうぞ。」

あなに入ってびっくりぎょうてん。どこもかしこもまっかっか。

　天じょうも、ゆかも、そして、まるいかべも、もえるほのおの色をしていました。その上、テーブルもいすもベッドも、みんな、リンゴの実からできていたのです。

「ざいりょうは、ぜんぶリンゴだよ。ぼくの日曜大工さ。どう？」

「サミーってきようなのね。とってもいいかんじょ。」

「かべ紙のかわりに、リンゴの皮。とってもいいかんじょ。おふろはリンゴを半分にきり、中身をぬいてできあがり。かおりもいいし、さいこうにリフレッシュできる。」

「いいなあ。ぼくも、入ってみたい。」

「あたしも。」

エッちゃんは、うっとりしていいました。

「ところで、さあめしあがれ。今朝《けさ》、やいたばかりのアップルパイだよ。」

テーブルの上に、大きなアップルパイがのせられました。

エッちゃんは、ごっくんとつばをならすと、

「いただきます。」

というなり、大きな口をあけ、食べてしまいました。ジンもまた、あわててかじりつきました。

「おいしかったわ。リンゴがふわふわして、まるで、はちみつのようにあまくって、さいこうだった。ごちそうさま。」

「それはよかった。ところで、ジン君の話がまだとちゅうだったな。話のないようは、『リンゴから、七姉妹《ななしまい》を出すいい方法は、ないだろうか?』ということだった。たしか、君は、おなかにいる七姉妹《ななしまい》が、リンゴの実にもどっていく。そこをねらうって、いってたけれど、どうやってつかまえようというんだい?」

サミーが、目をぱちくりさせていいました。さすが、かみさまの子どもです。大切《たいせつ》な話を、わすれていませんでした。

「そうだった。ついつい、わすれてしまうところだった。おなかにいる七姉妹《ななしまい》は、口からとび出すわけだろう? そこを、ねらうんだよ。」

ジンが、とくい顔でいいました。

「そんなこと、できるわけがない。だって、リンゴのせいたちは、とうめいだもの。すがたが見えないものを、どうやって、つかまえようっていうの?」

エッちゃんは、口をひょっとこのようにとんがらせていいました
「せいたちに、色をつけるいい方法はないものかなあ。にじ色にそめたらきれいだろうな。そうだ! 七色のスプレーをふりかけたらどうだろう。だけど、やっぱりだめ。すがたが見えないんだった。」

ジンは、首をひねりました。

「マスクをしていたら、どうかしら……。リンゴのせいたちは、口の外にはでられない。マスク

にひっかかって口の中にいるはずだわ。そこをねらうの。」

エッちゃんがいうと、サミーは、

「何だか、かわいそうな気もするよ。もっといい方法はないものかなぁ？」

と、つぶやきました。


しばらくの間、ちんもくがつづきました。エッちゃんは、さっき、おなかの中から聞こえてきた七姉妹《ななしまい》のことばを、思い出していました。

「いっそのこと、しょうじきに話したら、どうかしら？　七姉妹《ななしまい》だって、人間にもどりたいのよ。わけをいえば、よろこんで出てくると思うの。」

「ぼくも、大さんせいだ。へんなことをしてつかまえると、きょうふをおぼえてますます出てこなくなる。心をとざすと、えいえんに、すがたをかくしてしまうかもしれない。そんなことになったら、それこそ、大へんだ。」

ジンが、しんこくな顔でいいました。

「わかったよ。リンゴの木にむかって、しょうじきに語ってみよう。」

サミーがいいました。

8　サミーがひみつを明かす

「どこに、七姉妹《ななしまい》がいるのだろう？」

サミーは、すずなりになっているリンゴを見てためいきをつきました。

ざっと数えても、千つぶはありそうです。

「サミー、リンゴの実をさがすのは、いくらなんでもむり。リンゴの木に、七姉妹《ななしまい》の

いどころを聞いてみましょうよ。」

エッちゃんがいうと、ジンもすぐに、

「それがいい！　リンゴの木なら、きっと、かんたんに見つけてくれる。」

といって、さんせいしました。

「でも、何ていおう。かってに実の中に人間たちをとじこめちゃって、リンゴの木は、ぷりぷりおこってるかもしれない。」

サミーは、うーんとうなると、はねを休めて考えました。

「そんなに、なやむことはない。しょうじきに、ありのままを話せばいいんだ。」

「サミー、ハートがしょうぶよ。すなおな心は、かならずやあい手につうじる。」

「ジン君、魔女《まじょ》さん、わかった。ぼく、やってみるよ。」

サミーはそういうと、リンゴの木の前に立ちました。そして、大きくいきをすうと、ゆう気をふりしぼっていいました。


こんにちは。ぼくは、みきのあなにすんでいる鳥です。ずっと、長いこと生活しているので、もうごぞんじだと思います。

でも、よく考えてみたら、ぼくは今まであなたとお話ししたことがありません。かってにすみついておきながら、あいさつもしないぶれいの数々《かずかず》、どうかおゆるしください。

いいわすれていましたが、ぼくの名前《なまえ》は、『かみさま』といいます。ああ、サミーとよんでください。

ところで、今日《きょう》は、ぼくの話を聞いていただきたいのです。あまりとつぜんでおどろかれているかもしれませんね。

じつは、リンゴのせいをさがしています。どうして、こんな名前《なまえ》がついたかっていうと、せいたちのすみかが、リンゴの実だからです。

実の中心である、たねの間に、このせいたちがかくれているはずです。せいの数は、ちょうど七人。

せなかには、とうめいなはねがついていて、自由《じゆう》じざいに空をとびます。すみかにしていたリンゴが、人間たちに食べられると、ほかの実にうつるのです。

ぼくは、今、わけがあって、このせいたちに会いたいと思っています。しんけんに話がしたいのです。

ところが、リンゴの実がこんなにたくさんでは、どこにいるのかさっぱりわかりません。見当もつきません。

どうか、このたくさんの実のどこに、せいたちがかくれているのか、ぼくに、お教えください。

サミーは、そういい終えると、ふかく一礼《いちれい》しました。

目をとじたまま、しばらくの間、頭をあげませんでした。あまりのきんちょうで、いっしゅん、からだがこおってしまったのです。その時です。ふいに、頭の上から声がしました。サミーは、声のする方をゆっくりと見上げました。

「サミー、君のことは、よく知っておるよ。いっしょにくらしはじめて、もう十年。あいさつなどしなくたって、まい日、会っておるんじゃからな。もう、わしのからだの一ぶじゃよ。わっはっは……。ところでな、さっきの話はほんとうかい？　たしか、七人のせいたちが、リンゴの実にすんでいるって聞いたが……。わしのそら耳ではあるまいな。」

声の主は、大きなリンゴの木でした。それは、ふかくて味わいのあるあたたかい声でした。食べものにたとえると、ニンニクとウメボシをたして二でわったような、かんじです。

リンゴの木のばあさんは、ひとことひとことかみしめるように、ゆっくりとしゃべりました。

サミーは、高らかなわらい声を聞くと、ようやくふるえがおさまりました。

「ええ、たしかでございます。」

「君をがっかりさせてわるいが、わしは、ほんとうに、今日《きょう》まで知らなかった。じつはな、あまりのショックで、おどろきの声もでないありさまじゃ。こんな大事《だいじ》なことを今まで、知らなかったなんて……。」

ばあさんは、うなだれていいました。

「そうでしたか。」

サミーは、あてがはずれて、がっかりしました。

（七姉妹《なしまい》は、どこにいるのだろう？）

サミーは、空にのびあがっているリンゴの木を、しみじみと見あげました。

大きなえだには、あまりにたくさんのリンゴがぶらさがっていました。えだは弓《ゆみ》なりになり、今にもおれそうなほどです。

ひとつひとつ聞いて回ったら、きっと、夜が明けたって、十分の一も聞けないありさまでしょう。

「せいたちのかくれているリンゴの実よ、集まれ！」

と大声でさけんだって、むだなこと。リンゴに足はないのです。

かといって、中を切ってしらべるわけにもいきません。あやまって、せいたちを切ってしまったら、それこそ大へんです。

サミーは、こまってしまいました。七姉妹《ななしまい》に会えないのでは、人間にもどすこともできません。

「どうしよう、こまったな。」

サミーはつぶやきました。

そばで聞いていたエッちゃんとジンも、がっくりとかたをおろしました。


少しすると、ばあさんが、しずかに話しはじめました。

「サミー、ごめんな。ちっとも君の役にたつことができなかった。わしも、年をとったしょうこ。もう長くはないのかもしれん。ところで、君のはねは、さいしょのころ、まっ白じゃった。しかし、長い年月の間にリンゴ色にそまっていった。わしは、君のへんしんぶりに目をほそめていたんじゃ。白色は、すがすがしくてせいそでまぶしかったが、赤色はまた、炎のようにじょうねつてきで、うっとりしたよ。ふしぎなことに、はねの色とともに、君がくちずさむ歌のふんいきもかわってきた。おせじにも、うまいとはいえないが、どくとくのだみ声が、わしの心にしみたんじゃ。日々のかなしみが、君の歌で、どれだけいやされたことだろう。わしは、きみに、かんしゃしたいと思っていたところさ。」

「それは、こうえいです。ぼくはおんちで、今まで、けなされたことがあっても、ほめられたことが一どもありません。今日《きょう》は、なんてうれしい日でしょう。」

サミーが、声をはずませていうと、ばあさんは、とつぜん、ひとみをかがやかせました。

「そうか、わかったぞ!」

「何がわかったのですか?」

「サミー、もう少し、わしの話を聞いてくれるかい?」

「もちろんですとも。何なりと、どうぞ。」

「わしは、長い間、ずっとふしぎに思ってきたことがあった。それはな、リンゴの実は歌が好きでよくくちずさんでおる。だが、耳をすますと、歌っているのは、いつも七人だけ。千つぶほども実があるのに、どうしてふえんのじゃろう? わしには、そのことが、気がかりでならなかったんじゃよ。だがな、君のおかげて、そのなぞがとけたよ。あの歌をくちずさんでいたのは、リンゴのせいたちだったんじゃ。長い間のなぞがとけて、わしはすっきりしたよ。」

ばあさんは、ほおをバラ色にそめていいました。

「そうでしたか。それはよかった。」

「すっきりしたついでに、もうひとつ聞いてもいいじゃろうか? じつは、気になることがもうひとつ、あったんじゃ。」

「気になること? ぼくでよければ、何なりとお話しください。」

サミーはにこにこしていいました。

「ああ、でもな、これは、サミー、君のことなんじゃ。プライバシーにふれてもいかんと思って、ずっとだまっていたことなんじゃ。」

「えっ、ぼくのこと? 何でも、しょうじきに話してください。」

サミーは、どきどきしました。

「わかったよ、サミー。それじゃ、思いきって話そう。」

ばあさんはサミーの目を見つめながら、ゆっくりと話しはじめました。

「それはな、君がくちずさむ歌のことなんじゃよ。歌《か》しが、『パパ、ごめんなさい。どうか、ぼくを、かみさまにもどしてください。』のくりかえし。わしも、はじめのうちは、何もかんじなかった。ところが、もう十年間も同じ歌《か》しばかり。いつのころからか、赤い鳥には、何かひみつがあるんじゃないかって、思えてきたんじゃよ。どうじゃ、おばばの予感《よかん》は、いかがなものかな？」

サミーはどきっとして顔色をかえました。リンゴの木は、サミーのひょうじょうを見のがしませんでした。

（やはり、思っていたとおりじゃ。何かひみつがある。）

「ひみつなど、これっぽっちもありません。まったくのけんとうはずれ。心《しん》ぱいはいりませんよ。あっはっは……。」

サミーは、高らかにわらってみせました。

でも、リンゴの木は、それが、つくりわらいだということを、すぐに見ぬきました。

「サミー、わしにかくしごとはいらんよ。だって、わしは、けいさつかんでもさいばんかんでもない。ただの、リンゴの木。ここをとびたつこともできない、ただのおいぼればばあ。わかったところで、何もできやしない。ただね、できることといったら、話を聞いてあげることくらいさ。わしは、君より少しだけ長く生きているから、何かそうだんにのってあげられるかもしれん。まあ、きたいされてもこまるけど……。わしは、年をとった。耳も遠くなったし、目もよく見えんようになった。いつ、おむかえがきてもおかしくない。」

リンゴの木は、ろうがんきょうをはずしながら、しずかにいいました。

「おばあちゃん、ぼくを、一人《ひとり》ぼっちにしないでください。あなたがいなくなったら、どんなにかなしいことでしょう。おねがいだから、二どとそんなことは口にしないでください。どうか聞いてください。あなたがおっしゃる通り、ぼくにはひみつがあります。

サミーは、思いきっていいました。

「そうか、やっぱりな。話すと楽になるものじゃ。」

ばあさんがほほえむと、サミーはきんちょうがなくなりました。


その時、あたりは、しんとしずまりかえりました。それまでふいていた風はぴたっとやみ、はのささやきひとつ聞こえません。この話をぬすみ聞きしていたリンゴの実たちも、いっせいに耳をかたむけました。

「じつは……。しかじか……。」

サミーは、自分がかみさまの子どもであること。ある日、人間の子どもたちをリンゴの実にとじこめたこと、そのことが、かみさまのいかりにふれ、鳥にされてしまったことなどを、ぽつりぽつりと話しだしました。

「サミー、君は、かみさまの子どもじゃったのか。ふつうの鳥にはない気品《きひん》が、どことなくただよっていると思うておったよ。」

ばあさんは、目をまるくしました。

「おばあちゃん、ぼくは、もとのすがたにもどりたいのです。そのために、自分のおかしたつみをつぐなわねばなりません。リンゴのせいたちを、いっこくも早く人間にもどし、地球《ちきゅう》に帰してやりたいと思っています。それで、せいたちをさがしにきたのです。」

サミーは、いきおいよくいいました。

「そうじゃったか。よく話してくれた。せいたちを見つける、何かいい方法はないものじゃろうか?」

というと、ばあさんはうでぐみをしました。

「ひみつを話したら、何だか気が楽になったよ。ありがとう。」

サミーが、にっこりしていいました。

うれしくなって、ぴょんぴょんはずみました。まるで、糸がきれたふうせんのように、どこかへとんでいきそうです。

「それはよかった。ところで、わしは、君にお礼《れい》をいわねばならん。今、話を聞いて、わかったことなんじゃよ。君も十分《じゅうぶん》知っていると思うが、長い間、わしのえだには、実がたった七つしかならんかった。いっこうに数はふえんかわりに、実ばかりが大きくなった。ある日、とうとうスイカのようになった。この星の人たちは、『これは、おばけリンゴ、きっとどくがはいっているにちがいない。』とおそれ、手をのばすものはおらんかった。わしは、かなしかったさ。だって、人に食べてもらうために生まれてきたんだ。それなのに、だれも手にふれてくれんのじゃ。」

ばあさんは、さびしそうにいいました。

「かなしんでたなんて、ちっとも知らなかったよ。ぼくは、この星のリンゴを見るために、まい年、やってきた。かなしいどころか、うっとり見つめてた。こんなに美しい実をつけて、どんなにうらやましく思っていたことだろう。」

「そうじゃろう。かなしみなんて、ほかからは見えないものじゃよ。かみさまじゃろうと、人間じゃろうと、みな同じ。心の中までは見えない。話はもどるが、そこでな、わしは、どうにかして、実をふやすことはできないものかと考えた。高くジャンプしたり、左右にゆれてみたりした。でも、いっこうにふえなかった。実は七つのまま。あきらめていたら、ある朝、とつぜん、ふえていたんじゃよ。それは、わすれもしない。人間の子どもたちが、この星にあそびにやってきて、大いたずらをした、次の日のことじゃった。そういえば、とつぜん、七姉妹《ななしまい》たちのすがたがみえなくなった。あとになり、この七姉妹《ななしまい》は、この星でゆくえふめいになったと風のたよりで聞いたんじゃ。まさか、君が、リンゴの実にとじこめていたなんて……。でも、そのおかげで、たくさんの人がやってきて、リンゴの実を食べるようになった。君がおばけリンゴの実をふつうサイズにもどし、数をふやしてくれたんじゃな。ありがとうよ。」

ばあさんは、お礼をいいました。

「おばあちゃん、ぼくじゃない。」

「サミーじゃない？」

ばあさんは、ふしぎそうにいいました。

「ほくは、ただ、リンゴの実に七姉妹《ななしまい》をとじこめただけです。」

サミーは、ばあさんの目をしっかりと見つめていいました。

「ふしぎな話じゃな。それじゃ、いったい、だれが……？」

ばあさんは、また、頭をかかえてしまいました。

じつは、かみさまのしわざでした。リンゴの木のかなしみを知って、実をふやしたのです。自分の子どもがすむ木を、かなしませたくなかったのです。親の大きなあいでした。

9　とうとう
たびのはじまり

　その時です。リンゴの木から、
「わたしたちが、リンゴ七姉妹《ななしまい》よ。
ドレミファソラシドー。」
という声がしました。サミーがあわてて見上げると、
リンゴのせいたちが、とうめいなはねをぱたぱたさせ、地上におりたちました。

「き、君たち、今、リンゴ七姉妹《ななしまい》っていったかい？　一、二、三、四、五、六、七、ほんとうだ。ちょうど七人いる。これはいったい、どういうことだ。」

サミーは、おどろいていいました。

「こんなかわいいせいたちが、わしのからだにいたなんてねぇ。とても、しんじられないよ。でも、どうして出てきたんだい？」

ばあさんは、目を白黒させていいました。

「ドリンねえさんが、ついさっき、魔女《まじょ》さんによばれて、何かこそこそ話してたわ。そのあと、すぐに、きんきゅう会ぎがひらかれたの。」

次女のレリンがいいました。

「きんきゅう会ぎ？　いったい何を話していたんだい。」

ばあさんがたずねました。

「えへへっ。それはね、かみさまの前にすがたをあらわすか、それとも、よすかってことだったの。まんじょういっちで、きまったわ。かみさまの前にすがたをあらわそうってね。」

三女のミリンがいいました。

「わたしたち、長いこと、かみさまのことうらんでた。だって、とつぜん、リンゴの実にとじこめるんだもの。この話は、あとになってから、ツバメおばさんにおしえてもらったの。おしおきにしては、ひどすぎるでしょう？　でもね、さっきの話を聞いたらかわいそうになったの。」

四女のファリンがいいました。

「さっきの話？」

サミーが、ふしぎそうな顔でたずねました。すると、ソリンが、

「ドリンねえさんから聞いたわ。かみさまが鳥になった話よ。あなたが、かみさまなんでしょう?」

と、いいました。

「ああ、そうだ。ぼくは、まちがいなく君たちをリンゴにとじこめたかみさまだよ。君たちは、ぼくのことを、どんなにうらんでいるだろう。あの時、ついかっとなってしまったんだ。ぼくは、みじゅくだった。ゆるしてくれ。」

「もうゆるしてるわ。だから出てきたの。ランランラン。」

五女のソリンが、はずんでいいました。

「あの日、ぼくは鳥になった。その時、自分のおかした罪《つみ》の大きさに気づいた。どんなに、はんせいしたことだろう。でも、パパは、ゆるしてくれなかった。ぼくのすがたは、鳥のままだ。この十年間、ずっとパパをうらんできた。だから、君たちの気もちが、手にとるようにわかるんだ。この場をかりて、おわびさせてほしい。」

サミーは、ふかぶかと頭を下げました。その時、長女のドリンが、前にあゆみでていいました。

「もういいの。魔女《まじょ》さんが、すべてをおしえてくれたわ。」

「えっ、魔女《まじょ》さんがいったい何を……?」

「あなたがはんせいしていること、本気で、わたしたちをたすけようとしていること。そして、あなたもまた、鳥のすがたにかえられてかなしんでいること。それで、わたしたちは、出てきたの。もう。うらんでなんかないわ。」

ドリンが、目をぱちくりさせていいました。そして、また、つづけました。

「それにね、考えてみたら、わたしたちだって、いたずらをいっぱいしたんだもの。あんなことしたら、だれだっておこるに決まってる。あなたは、とうぜんのことをしたままでよ。だから、もう頭を上げて！」

「やさしいことばを、ありがとう。ぼくは、世界中でいちばん、しあわせなかみさまかもしれないな。」

サミーが頭を上げると、からだがめらめらともえました。

「まぶしいわ。かみさま、目をあけていられない。」

リンゴのせいたちは、いっせいに目をほそめました。

「ごめんよ。ついついこうふんしちゃった。あれっ？　へんだな。今、気づいたんだけど君たちは、とうめいなはずじゃ？」

「わたしたちのからだは、心をゆるした人には見えるしくみになってるの。えへへっ、すごいでしょう。」

ミリンは、まるでモデルさんのようにクルッと回ってみせました。てんねんパーマのかみがふわふわゆれました。

「かみさまは、あたしたちのお友だち。よろしくね。ルルルルルー。」

ファリンがウィンクすると、長いまつげがチャーミングにうつりました。

サミーはどきっとしました。ほおが、ちょっぴりピンクにそまりました。

「そうよ。かみさま、なかよくしましょ。ランランラン。」

「そうしましょ。チャチャチャチャ。いっしょに歌おう。」

七姉妹《なな しまい》は、サミーのまわりをかこんで歌いだしました。

その時です。六女のラリンが、とつぜんそばによってきて、

「かみさま、おねがいだから、あたしたちを人間にもどして！　かみさまって、何でもできるんでしょう？」

と、だだをこねるようにいいました。すると一ばんすえっ子のシリンが、

「あたし、地球《ちきゅう》にいるパパとママに会いたいよー。」

と、なきさけびました。

「ああ、ぼくは、さいぜんのどりょくをするさ。だけど、すぐにはむり。いくらかみさまでも、できないこともあるんだよ。」

「なんだ。がっかり！」

ラリンが、かたをおとしていいました。

「だけど、人間にもどる方法はある。」

サミーは、ゆっくりと七姉妹《ななしまい》を見つめていいました。

「えっ、どんなこと？」

「かみさま、早くおしえて！」

「それは、今、君たちがもっている悪いくせをなおすことなんだ。」

「くせ？　いったいだれの？」

レリンが長いかみをかきあげながらいうと、姉妹《しまい》は、おたがいに顔を見合わせました。

「わたしじゃない。」

ミリンがきっぱりといいはなつと、ファリンも、

「わたしのわけがない。」

と、じしんまんまんにいいました。

「わたしだってちがう。」

ソリンがあわてていうと、ラリンが、

「あたし、もってないもん。」

と、ほっぺをふくらませていいました。

「ドリンねえさんのはずはないし、わたしもちがう。とすると、あとは……。」

レリンは、ここまでいうと、声をつまらせました。

「あたし？」

シリンは、なきだしそうになりました。

「おねえちゃんたち、くせってなあに？」

シリンは、バンビのようなひとみでたずねました。

「くせっていうのは、かたよった好《この》みやしゅうかんのことをいうの。まだ、小さいシリンには、むずかしいかもね。」

ドリンは、シリンのおかっぱ頭をやさしくなでながらいいました。

「お話し中わるいけど、くせをなおすのは、七人全員なんだ。ぼくのちょうさによると、みなさんは、それぞれとくゆうのくせをもっている。」

サミーが、しずかにいいました。

「ええっー、みんな？　そんなの、うそでしょう？」

「七人ともくせがあるってこと？」

「そんなことといって、わたしたちのこと、おどかそうと思ってるんでしょう。」

「おねえちゃんたちにも、くせはあるのね。ああ、よかった。」

「わたしに、どんなくせがあるっていうの？　おしえて！」

「そんなことって……。」

姉妹《しまい》たちは、それぞれに、おどろきの声をあげました。

「かなり、ショックをうけたみたいね。でも心《しん》ぱいはいらない。くせは、だれにでもあるものよ。もちろん、ねえさんにだってある。でもね、自分《じぶん》には、よく見えないものなの。だけど、見えないからってそのままにしておくと、心にかびが生《は》えてしまう。そればかりか、えいえんに、人間にはもどれない。今、わたしたちに、くせがあることがわかってよかったわ。」

ドリンが、にっこりわらっていいました。

「わかった！　みんなで、くせたいじのたびにでかけましょう。」

レリンがいせいよくいうと、姉妹《しまい》たちは、

「ハイハーイ！」

とかけ声をあげました。

（うふふっ、そのちょうし。それにしても、わたしのくせって何かしら……？）

ドリンは、いっしゅん考えました。


　少したち、サミーは、あらたまったようすで、

「くせたいじのたびは、よそういじょうに、長くなるかもしれない。みんな、かくごをしておいてくれよ。だけど、うれしいことに、魔女《まじょ》さんとジン君も、おともをしてくれる。どんなに、心強いことだろう。」

と、ほほえんでいいました。いつのまにか、エッちゃんとジンがそばにいたのです。

「あたし、魔女《まじょ》といっても、まだ、しゅぎょう中の身なの。あなたたちを人間にもどすじゅもんのことばさえ知らない。あまりお役にはたたないかもね。」

エッちゃんが、頭をかきながらいいました。

「いいのよ、魔女《まじょ》さん。長い間に身についたくせを、魔法《まほう》でなおそうなんて、虫がよすぎるもの。」

レリンが、手をよこに大きくふっていいました。すると、ドリンは、姉妹《しまい》たちの顔を一人《ひとり》ひとり見つめながら、

「そうね。もし、じゅもんひとつで人間にもどってしまったら、またいつか、かみさまのいかりにふれる。くせがなおらないかぎり同じことを、くり返すものだわ。その時にこうかいしてもおそい。悪いくせは、いっこくも早くなおした方が、人生が二倍も三倍も楽しくなる。そんな気がするの。」

と、いいました。

（さすが、おねえさんたちだ。なんて、しっかりとした考え方ができるのだろう。）

ジンは、かん心《しん》しました。

「わしは、歩けないからだめじゃな。ここから、おうえんしとるよ。」

ばあさんがいいました。

「ぼくたちも、おともをさせてくれ。」

そこには、カケルとハネルとコケルの三人がにこにこしながら立っていました。

10　くせたいじ山にとうちゃく！

ファリンは声をはずませました。

「うれしい！　わたしたちのたびについてきてくれるの？」

「ああ、もちろんさ。ぼくたちは、ついさっき、君たちが人間だってことを知った。ああ、わるいと思ったけど、話は全部《ぜんぶ》聞かせてもらったよ。」

カケルがいいました。

「かなしみを顔にださず、今まで、歌をうたって楽しませてくれたお礼《れい》に、おんがえしがしたいんだ。」

ハネルがいいました。

「君たちが、一日も早く、人間にもどれるようお手伝いがしたい。」

コケルがいいました。

「いったい、何人になるのだろう？」

ジンが首をかしげると、ドリンは、

「わたしたち七人に、八、九、十……全部《ぜんぶ》で十三人だわ。」

と、目をぱちくりさせていいました。

「十三人か……。少《すこ》し多いな。わるいけど君たちは、一人《ひとり》ずつじゅんばんに、たびにでてくれないかな。七人のくせをいっしょになおすのはむりだ。じゅんばんをきめておくれ。」

サミーが、もうしわけなさそうな顔でいいました。

その時です。何の話し合いもせずに、ミリンが、

「わたしが一ばん。」

といって、サミーにかけよりました。

「ミリンたら、しょうがないわね。まあ、いいわ。」

ドリンが、あきれかえっていいました。

「さすが、おねえちゃん。おんにきるわ。」

ミリンは、うれしそうにいいました。

「さあ、くせたいじのたびにしゅっぱつだ。みんなで力をあわせて、ミリンちゃんのくせをやっ

つけよう。」

サミーがいうと、ハネルが、ぴょんぴょんはねて、

「全部で七人、ミリンちゃんのおうえんだんだ。」

といいました。

「いってらっしゃい。ミリンねえさん、がんばってね。」

「早く帰ってきてよ。」

姉妹《しまい》たちは、手をふりました。その声は、しだいに遠くなっていきました。

歩き始めた時、サミーは、とつぜん立ちどまりました。

「しかし、こまったぞ。たびといっても、どこへ行ったらいいものか?」

「えっ? かみさま、きまってるんじゃなかったの?」

ミリンが声をあげると、みんなポカンとしたひょうじょうになりました。

いったいどこへ行けば、くせがなおるというのでしょう? 考えてみたら、そんな話、今まで聞いたことありません。

「うーむ。」

みんな、いっせいに、頭をかかえてしまいました。

「どうやら、あたしたち、一ばん大切《たいせつ》なことをわすれていたようだわ。」

エッちゃんは、がっくりとかたをおとしていいました。すると、その時です。

「ああ、そのことなら知ってるよ。いつだったか、『カケ山星をくまなくチェック』という本で読んだことがある。カケ山星のうらがわには、『くせたいじ山』という大きな山がそびえている。その山にのぼると、たいていの人は、くせがなおるらしい。」

コケルが、いつものように、のんびりとした口調《くちょう》でいいました。

「ほんとう？　うそじゃないだろうね。」

ハネルは、すぐにねんをおしました。

「ぼくはうそはいわない。だけど、しんじつかって聞かれてもこまる。だって、行ったことがないんだ。本に書いてあったのは、ほんとうだ。」

「君は、まるでかみさまだ！」

サミーは、こうふんしていいました。

「やめてくれ。かみさまは君じゃないか。」

「そうだった。わすれていたよ。」

サミーは、頭をかきながらいいました。

「コケル君は物知りだなあ。」

ジンがかん心《しん》していうと、ハネルは、

「だけど、わかっていたら、もっと早く教えてくれたらいいのに……。」

と、いじわるくいいました。

「まあいいじゃない。行き先が、わかったんだもの。」

エッちゃんが、ハネルのかたをポンとたたきました。

「早く行きましょう。」

ミリンは、もう、まちきれないといったようすです。

「行こう、行こう。」

みんなは、目をかがやかせました。まるで、ひとみの中に、百万ボルトの電気がともったようです。

「さっそく、しゅっぱつだ。行き先は、この星のうらがわにそびえる、『くせたいじ山』だ。」

サミーがいうと、はねは、ほのおのようにもえあがりました。

「でも、どうやって行くの？　ここからは、ずいぶん遠い。歩いたら、きっと日がくれてしまう。わたし、そんなに歩けない。」

ミリンは、今にもなきだしそうです。

「いやいや、一日ではむりというもの。まともにあるいたら、何日かかるかわからないぞ。」

ジンも、気が遠くなりました。

「コケル、君はすぐころぶ。いっしょに行くのは、むりかもしれないな。」

「ハネル、それじゃ、ぼくはるすばんってことかい？　そんなのいやだ。この星のうらがわがどんなところなのか、ぼくだって見たいよ。」

とつぜん、気まずい空気がながれ、ちんもくがおとずれました。しばらくすると、

「そうだ、ぼくにまかしてくれ！　みんな、手をつないでまるくなるんだ。」

と、カケルがさけびました。

七人がひとつの円になると、カケルは、とけいのふたをあけ、ハートがたのボタンをおしました。


わずか、三びょうでした。

「さあついた。ここが、カケ山星のうらがわだ。」

「カケル君、かんしゃするよ。」

ジンがいいました。

「さむいよう。」

ミリンは、とつぜん、そのばにしゃがみこみました。がたがたとふるえています。

　ほかのみんなも、ぶるぶるふるえていました。あまりのさむさで、声も出ません。

「あれが、くせたいじ山ね。カケ山と同じくらい高いわ。」

エッちゃんは、目の前にそびえている山をゆびさしていいました。

「きゅうな坂がつづいているけど、大じょうぶかなあ。みんなのぼれるかい？」

サミーは、心ぱいそうにたずねました。

「……。」

さむさで、へんじはかえってきません。

　あたりはまっ白です。はい色の空からは、こな雪がちらちらとまってきました。きせつは冬なのでしょう。

　ところがふしぎなことに、あちこちにひまわりがさいていました。冬のひまわりなど、聞いたことがありません。

　耳をすますと、ミンミンゼミのなく声が聞こえてきました。セミたちは、冬の間、土の中にいるはずです。

「ふしぎなところだなあ。ここにはきせつがない。冬と夏が、いっしょにてんかいされている。ああ、さむい。」

ジンが、からだをぶるぶるるっとふるわせると、せなかの雪がおちました。さむさになれたら、ようやく声がでたのです。

　人っ子、ひとりいません。一行《いっこう》は、ふるえながら、山にむかって歩きました。少し歩くと、目の前に白い門が見えてきました。『アイスクリーム門』と書いてあります。

「おいしい！　ほんもののアイスクリームよ。ほっぺがおちそうだわ。」

ミリンはひとくちなめると、からだがぽかぽかしてきました。

エッちゃんもジンも、カケルもハネルもコケルもサミーもまねをして、門を手ですくってなめました。するとどうでしょう。

さむさがふきとんで、ぽかぽかしてきました。このアイスクリームには、からだをあたたかくする魔法《まほう》の力があったのです。

「ふしぎだわ、さむくなくなった。わたし、もう大じょうぶ。元気百ばい。くせたいじ山にのぼれる。」

と、ミリンがいった時、門は右にぐらっとゆれました。

「あぶない。」

ハネルはとっさにはね上がって、門をささえました。その間に、みんなで左がわをペロペロなめました。

ききいっぱつ。大きな門は、たおれずにすみました。

もう、みなさんはお気づきでしょう。右がわだけ、アイスクリームを食べすぎてしまったために、かしいでしまったのです。

「こんど食べる時は、左右、同じりょうを食べた方がいい。」

コケルがつぶやきました。

「ハネル君のジャンプ力はすごい！　大きな、この門のちょうじょうまでとんだ。ぼくには、まねができない。」

ジンは、目をまるくしました。

「いのちびろいしたよ。」

サミーのむねは、どっきんどっきんと、まだ高なっています。
ふと目をやると、そばには、こんなかんばんがありました。

ここへおいでのみなさまへ

ようこそ、『くせたいじ山』においでくださいました。大むかしから、この山にのぼると、わるいくせがなおるといういいつたえがあります。
くせのしゅるいによって、七つのコースがあります。コースにより道じゅんがちがいますので、おまちがいのないようお気をつけください。

† どろぼうぐせ　♪ドコース
† れいぎ知らず　♪レコース
† みえっぱり　♪ミコース
† ファストフードずき　♪ファコース
† そうじぎらい　♪ソコース
† らんぼう者　♪ラコース
† しんぼうできない　♪シコース

なお、道にまよった場合には、コースの音を発声《はっせい》していただくと、正しい道にもどるしくみになっております。それでは、お気をつけて……。

（くせたいじ山のあるじより）

「かみさま、わたしのくせはなあに?」

「ミリンちゃんは、何だと思う?」

サミーは、ぎゃくにたずねました。

「全部《ぜんぶ》あてはまらない気がするの。わたし、自分《じぶん》のくせがわからない。」

ミリンがいうと、サミーは手ちょうをひらいて、

「このノートには、『みえっぱり』と書いてある。コースは、ミだな。」

と、いいました。

「みえっぱりなんだ。わたし、今まで気づかなかった。」

ミリンは、その時、はじめて自分《じぶん》のくせを知りました。

「みんなで、ミのコースにのぼろう。」

ジンの声が、くせたいじ山にひびいていきました。

　こな雪は、やむようすがありません。いつまでも、ふりつづいていました。

11　ミリンのくせたいじ

　てくてく歩《ある》いていくと、ひまわりばたけのまん中《なか》に、たてふだが立《た》っていました。『くせたいじとざん道《どう》・各《かく》コース入《い》り口《ぐち》』と書《か》いてあります。

　でも、こまったことに、各《かく》コースの入《い》り口《ぐち》が見《み》つかりません。

「へんだな？　どこにあるんだろう。」

　サミーが首《くび》をかしげていうと、みんな、いっせいに、さがしはじめました。

ところが、いくらさがしても、入り口は見つかりません。このあたりにあることは、まちがいないのです。

さがしつかれたエッちゃんは、

「ヒマワリさん、入り口はどこ？　おしえないと、首をちょんぎるわよ。」

と、白いひまわりたちをおどしました。

するとどうでしょう。とつぜん、ひまわりたちは、雪をふりおとしてきいろい顔を出しました。

「あった！　コースの入り口だ。」

ジンがさけびました。

なんと、ひまわりの花のどまん中に、それぞれのコース名が書いてあったのです。ミのコースは、かんたんに見つかりました。

くきのところに、ほそい道があって、のぼりざかが、どこまでもつづいています。それを見た時、コケルの顔色がいっしゅんかわりました。

「コケル、おいらがおんぶするよ。」

ハネルが、コケルの前にしゃがみました。

「いいのかい？」

「もちろんだ。いっしょにのぼろう。」

コケルは、まるで、天にものぼる気もちになりました。

その時、今までふりつづいていたこな雪がぴったりやみました。しだいに、青空がひろがっていきました。

一行は、また、てくてくとのぼっていきました。というのはまちがい。せんとうのいちわだけは、空をパタパタとんでいました。

少しすると、みどりの屋根の家が見えてきました。

「ハネル君、つかれただろう？　ここらで、ひと休みしよう。」

サミーがいいました。

「ちょうど休みたいと思っていたところさ。かみさま、グッドタイミング！」

「あたし、おなかぺこぺこ。」

「エッちゃんも？　じつは、ぼくもなんだ。」

というと、カケルのおなかがググーッとなりました。

「わたしは、のどがからから。オレンジジュースがのみたいな。」

ミリンは、はなの頭にちょっぴりあせをかいていました。

「こんにちは！　トントン、だれもいないの？　ハロー！　トントン。ニーハオ！」

いくらよんでも、だれもでてきません。

「だれもいないみたい。あけるわよ。」

エッちゃんがとってに手をふれたしゅん間、ギギーッという音がして戸はあきました。

「ほーっ、ひさしぶりのおきゃくさんじゃ。だれかきてくれんものかと、長い間、まっておったよ。ようきてくれた。さあ、はいった、はいった。」

白いかみのおばあさんが、目をほそめていいました。

モスグリーンのきものは色あせ、おそろいのおびには、小さなあながぽつりぽつりとあいていました。虫にでも食べられたのでしょうか？

部屋《へや》に入ると、一面に、みどりのじゅうたんがしきつめられていました。でも、家具《かぐ》らしいものは何ひとつありません。

「うわーっ、まるで、野原にきたみたい。」

ミリンは、こおどりしました。すると、みどり色のフレアスカートが、まるでチョウチョウのようにひらひらとまいました。

「ここは、一年中、雪がふりつもっておるので、どこもかしこも白ばかり。それでな、じゅうたんの色を、草原のように明るくしておるのじゃ。さあ、立ってないで、おすわりなされ。わしはびんぼうぐらしでな、ダンボールばこの上で、ざぶとんもないが……。」

おばあさんは、ダンボールばこの上で、おちゃをつぎながらいいました。きゅうすもおちゃわんも欠《か》けています。

「さあ、どうぞ。」

おばあさんは、ていねいに一人《ひとり》ひとりにおちゃをさしだしました。

「いただきます。」

サミーは、くちばしをいれてのみました。

「いただきます。」

カケルとハネルとコケルの三人は、ごくごくと一気《いっき》にのみました。

「いただきます。」

ジンはペロペロなめました。

「いただきます。」

エッちゃんは、ゆっくりと味わってのみました。

　なんておいしかったことでしょう。今までに、こんなおいしいおちゃはのんだことがありませんでした。

　ところが、ミリンは、

「わたし、いらないわ。欠《か》けたおちゃわんでのむのはいや。もっと、バラとかアイリスの花もようがついたきれいなのがいい。」

といって、おちゃをはねつけました。

　その時、あついおちゃは、おばあさんの顔にとび、しわだらけのおでこが赤くなりました。

おちゃわんは下におち、半分にわれてしまいました。

「たいへん！　おばあさん大じょうぶ？」

いっせいにかけよると、おばあさんは、

「わしは大じょうぶじゃ。それより大《だい》じなちゃわんが……。これは、母《はは》のかたみ。お金では買えない、思い出の品《しな》だったのじゃよ。」

といって、ちゃわんをだきしめました。それを見たミリンは、

（ちょっぴりわるかったなあ。だけど、欠《か》けたおちゃわんでのむなんて、プライドがゆるさない。）

と思いました。

「おいしいおちゃをいただいて、元気も出てきた。さあ、しゅっぱつしよう。」

サミーが戸口にむかおうとすると、おばあさんは、

「おじょうさんは、まだ、何にも口にしておらん。おなかもすいていることじゃろう。もう少し、

まっていなされ。わしが、何かつくろう。」

といって、だいどころへ行きました。

　おいしいかおりがただよってくると、七人のおなかは、グーグーなりました。少《すこ》しすると、
おばあさんは、おぼんに黒光りしたおなべをもってあらわれました。

「さあできた！　おまちかね、とくせい野草《やそう》カレーじゃよ。」

というと、古くさいおさらに、カレーライスをもりつけました。

「わーい、わーい。」

六人は、大よろこびで食べました。

　なんておいしかったことでしょう。今までに、こんなおいしいカレーは食べたことがありませんでした。ところが、ミリンは、

「わたし、いらないわ。古くさいおさらで、食べるのはいや。金とかぎんでふちどられた、すてきなおさらがいい。」

といって、カレーをはねつけました。その時、あついカレーは、おばあさんの顔にとび、しわだらけのほっぺが赤くなりました。おさらは下におち、こなごなになってしまいました。

「たいへん！　おばあさん大じょうぶ？」

いっせいにかけよると、おばあさんは、

「わしは大じょうぶじゃ。それより、大《だい》じなおさらが……。これは、父のかたみ。お金では買えない、思い出の品《しな》だったのじゃよ。」

といって、おさらのかけらを手の平にのせました。それを見たミリンは、

（ちょっぴりわるかったなあ。だけど、古くさいおさらでカレーを食べるなんて、プライドがゆ

るさない。)

と思いました。

「おいしいカレーをいただいて、元気も出てきた。さあ、しゅっぱつしよう。」

サミーが戸口にむかおうとすると、おじょうさんとおばあさんは、

「せっかくきてくれたのに、おじょうさんはお気にめさないようじゃ。もう少《すこ》しまっておくれ。何かプレゼントをしよう。」

といって、となりの部屋《へや》にきえました。

　すぐに、おばあさんは、二着のようふくをもってあらわれました。

「さあプレゼントじゃ。おじょうさんのおすきな方を、おひとつどうぞ。」

というと、ミリンの目の前にかかげました。一着は、目のさめるようなエメラルドグリーンのロングドレスです。むねのところには大つぶのしんじゅが光り、全体に金糸とぎん糸でバラの花がししゅうされていました。もう一着は、ただのもめんのワンピースです。色はグリーンで、スカートのところに、ポケットがふたつついていました。

「もちろん、これがいい！」

ミリンは、ロングドレスをゆびさしていいました。

「これは、わしからのプレゼントじゃ。そでをとおしてみるがいい。」

おばあさんは、ミリンにドレスをわたしました。

「ありがとう、おばあさん。ほんとうにもらっていいのね。」

「ああ、ほんとうじゃ。」

この時、ミリンは、はじめてにっこりしました。その時、おばあさんはにやっとしました。

さて、そでをとおすとどうでしょう。

「きゃー！」

とつぜん、みどりの屋根の家から、ひめいが聞こえました。まちがいなく、ミリンの声です。

いったい、ミリンの身に何がおこったのでしょう？　おどろかないでください。

じつは、ロングドレスにそでをとおしたしゅんかん、ヘビやミミズやカエルが、とびだしてきたのです。長い間、ドレスの中でとうみんしていたのでした。

ミリンは、すっぱだかになって家をとびだしました。外はさむい冬です。

ミリンは、くしゃみをれんぱつしました。はくいきはまっ白だというのに、着るものがありません。

はな水となみだは、ながれて白くこおりつきました。ミリンは、かなしくなりました。心もからだも、こおりつきそうです。

（きっと、ばつにちがいない。おばあさんの気もちも考えず、自分のプライドばかり気にしていたむくいだわ。おばあさん、大切《たいせつ》にしていたかたみの品《しな》を、ふたつもこわしてしまって、ごめんなさい。どんなに高級なおちゃわんでも、思い出の品《しな》にはかなわない。こんな大《だい》じなことに、今まで気づかなかったなんて……。わたしはおろか者ね。どうかゆるしてください。どんなすてきな食器をつかっても、料理に心がこもっていなければまずいものだし、どんなすてきなドレスを着てても、心がまずしければみすぼらしくうつってしまう。わたし、みえっぱりの自分《じぶん》が、つくづくいやになったわ。）

ミリンは、心の中でつぶやきました。

するとそばに、おばあさんがいました。

「ああ、そうさ、おちゃわんが欠《か》けていても心がこもっていればおいしくかんじるものだし、ぼろのふくを身につけていても心がゆたかであればりっぱな人なんじゃ。外見《がいけん》だけ、とりつくろっても何の意味もない。大《だい》じなのは中身じゃよ。わっはは……。おじょうさん、これを着なされ。はだかのままじゃかぜをひいてしまう。」

というと、さっきえらばなかったワンピースをさしだしました。

「ありがとう。」

というと、ミリンの目からなみだがながれおちました。

ワンピースにそでをとおすと、ミリンにぴったりです。

「ミリンちゃん、よくにあってる。」

サミーが、にっこりしていいました。

ぽけっとには『魔法《まほう》のくし』がはいっていました。これでかみをとかすと、まるで、シャボン玉のように、ゆめがポワンポワンと生まれてくるのです。

きっと、ミリンは、たくさんのゆめを見ることでしょう。

みどりの屋根の家を出ると、『ミコースリターン』と書いたかんばんが、立っていました。一行は、のぼって来た道を、ただちに下っていきました。

12　ソリンのくせたいじ

アイスクリーム門のところで、サミーがカケルにいいました。

「君におねがいがあるんだ。ミリンちゃんをカケ山におくりとどけてほしい。」

「おやすいごようです。おくったついでに、次の姉妹《しまい》をつれてきましょう。」

「わるいな。」

サミーが頭を下げました。

「もう帰らなくちゃいけないの？　わたし、もう少しいたいな。」

「わがままいっちゃいけない。カケ山では、姉妹《しまい》たちが、君の帰りを首を長くしてまっているんだ。いっこくも早く帰ることが、やさしさというものだろう。」

サミーは、ミリンのひとみを見つめました。

「ええ、わかってる。みんなありがとう。」

ミリンは、手をふっていいました。

カケルは、ミリンと手をつなぎ、時計のふたをあけると、

「カケ山のちょうじょうへ、レッツゴー！」

といってハートがたのボタンをおしました。

「一、二、三、……。」

サミーたちが、カウントをはじめました。


きっかり六びょうたった時、カケルのよこにはソリンが立っていました。あざやかなオレンジ色のワンピースをきています。

ソリンは、みんなの方をむくと、にこにこして、

「次はわたし。よろしくね。」

と、あいさつをしました。

その時、ソリンのまんまるいおしりが、カケルのほそいからだにあたり、しりもちをつきました。

「あいたたた。」

「ごめんなさい。カケル、大じょうぶ？」

というと、あわててたすけおこしました。

ソリンは、ちょっぴりふとめ。うでもあしもおしりも、みんな、ぞうさんのように大きいのでした。今にも、せなかのボタンがはじけそうです。

「こちらこそよろしく。だけど、ぼくたちをつぶさないでくれよ。」

ハネルが両手をあわせて、まるでおがむようなかっこうをしました。

「いじわるね！」

ソリンは、ぷうっとふくれました。その顔ときたら、まるでハリセンボンそっくりです。みんなは大わらい。

「ごめんよ。あははは……おほほ……。」

「あははは……はっはっ。」

コケルも、みんなよりおくれてわらいだしました。

「さあ、いつまでもわらってないで、くせたいじのたびにしゅっぱつだ。みんなで力をあわせてソリンちゃんのくせをやっつけよう。」

サミーがいいました。

「まずは、アイスクリームを食べるといい。さむさがふきとぶんだ。あれっ、ソリンちゃんはさむくないのかい？」

ジンはふしぎそうな顔をしました。

「わたし、しぼうがいっぱいついてるから、さむさにつよいの。えへへ。だけど、アイスクリームは大すき。もちろん、いただくわ。だけど、どこにあるの？」

「これだよ。」

ジンは、目の前にたっている門をゆびさしていいました。

「ほんとう？　これ全部食べてもいいの？」

というと、ソリンは、目にもとまらぬはやさで食べはじめました。

「わたし、しあわせ。ぱくぱく……。やっぱりここにきてよかった。ぱく……。」

「ああ、まって！　いくら食べてもかまわないけれど、左右の門を同じりょうずつ食べてね。」

エッちゃんはあわてていいました。

さて、アイスクリーム門はなくなったかって？　大じょうぶです。いくらソリンだって、かいじゅうではないのです。食べきれるはずはありません。

かりに、もしなくなったとしても、雪がふりつもれば、またすぐにもとどおり。けっして、なくなることはないのです。

さて、かんばんの前に立って、ソリンは首をかしげました。

「かみさま、わたしのくせはなあに？」

「ソリンちゃんは何だと思う？」

「わたし、自分のくせがわからない。だって今まで、しんけんに考えたことないんだもの。」

ソリンがいうと、サミーは手ちょうをひらいて、

「このノートには、『そうじぎらい』と書いてある。コースは、ソだな。」

といいました。

「いわれてみれば、わたし、かたづけが大きらい。でも、ぜんぜんこまらないわ。」

ソリンがつぶやきました。

「みんなで、ソのコースにのぼろう。」

ジンの声が、くせたいじ山にひびいていきました。

赤い鳥をせんとうに、てくてく歩いていくと、ひまわりばたけがひろがっていました。

「あったぞ！　ソのコース入り口だ。」

ハネルは、まっ先に見つけてぴょんぴょんはねました。

くきのところに、まがりくねった道があって、たいらな道がつづいています。

「のぼりじゃなくてよかったよ。」

コケルがほっとしていうと、ハネルは、

「ああ、これなら君もらくしょうだな。今《こん》どは、おいらがおんぶしてもらおうかな。」

と、わらっていいました。

「そんなばかな……。ごめんよ。ぼくにはおぶえない。」

コケルは、しんけんにあやまりました。ハネルのじょうだんが、つうじなかったのです。

一行《いっこう》は、また、てくてく歩き出しました。

少しすると、一面にさばくが広がっていました。オレンジに光るすなはまが、どこまでもつづいています。

雪なんて、どこにも見あたりません。空には、まる顔のお日さまが、ギラギラとかがやいていました。

気温は、およそ七十ど。ひとことで、『あつい』というのじゃものたりない。かといって、『あついあついあつい』とれんぱつしても、つたわるあつさじゃありません。

心やさしいみなさんは、きっと、

「お日さまの光で、全身やけどになってしまうかも……。のどはかわくし、あせはながれる。こ

おそれいりますが
切手をお貼りください

郵 便 は が き

104-0061

東京都中央区銀座1-5-13-4F

㈱ 銀の鈴社

鈴《すず》の音《ね》会員 登録係　行

お客様の個人情報は、個人情報保護法に基づく弊社プライバシーポリシーを遵守のうえ、厳重にお取扱い致します。今後弊社からのお知らせなどご不要な場合はご一報いただければ幸いです。

「鈴の音会員」（会費無料）にご登録されますと、アート＆ブックス銀の鈴社より、会報誌「鈴の音だより」や展覧会イベントなどのご案内をお送りいたします。この葉書でご登録の方には、もれなく野の花アートの絵はがきを一葉プレゼントさせていただきます。

ふりがな	生年月日　明・大・昭・平
お名前 （男・女）	年　月　日
ご住所　（〒　　　　　）Tel	
情報送信してよろしい場合は、下記ご記入お願いします。	
E-mail	Fax　　－　　－

れじゃ、さばくのまん中でたおれたってふしぎじゃない。たっぷりの水をとどけてあげたいな。」

と、心《しん》ぱいしてくださることでしょう。

でも、心《しん》ぱいはいりません。さっき食べたアイスクリームが、あつくなったからだをひやしてくれたのです。

おかげで、のどはからからにならなかったし、あせがたきのようにながれおちるということもありませんでした。

でも、すな地《ち》はあしをとられるので、ふつうの道の何倍《なんばい》もつかれました。歩くペースは、しだいに、おそくなっていきました。くつの中にも、こまかいすなが入りこみます。一行《いっこう》は、何ども立ちどまり、くつのすなをはらいました。

サミーは、そのたびに、

「みんな、がんばれ！　もう少しだ。」

と、空からおうえんしました。

コケルは、みんなからはなされないよう、いっしょうけんめい歩きました。

（ぼくだって、みんなと同じに歩けるんだ。そのしょうこに、まだ、一どもころんでない。）

からだ中に、じしんが、わきあがってきました。

やがて、さばくのまん中にぽつんと、オレンジ色のホテルが見えてきました。

「なんて高いビルだろう！　東京タワーの三倍《ばい》くらいある。」

ジンがつぶやきました。

「ここらで、ひと休みしよう。」

サミーがいいました。

その時、十四のひとみは、オレンジ色にかがやきました。つかれは、一気《いっき》にふきとんだようです。

「ハロー！」

ホテルのげんかんで、七人は、声をあわせてさけびました。

「おやー、まあめずらしいこと。おきゃくさんだよ。あんた、すぐにきておくれ。」

ラクダの母《かあ》さんが、目をまるくしていいました。

「なんだい？　大きな声をだして……。こまくがやぶれるよ。」

ラクダの父《とう》さんは、耳をおさえてめいわくそうに出てきました。

「これが、おどろかずにいられますかって？　このホテルに、かわいいおきゃくさんがきたんだ。ほら！」

目の前には、六人と一わがならんで立っていました。

　ラクダの父《とう》さんはびっくりぎょうてん。目をぱちくりさせて、

「これは、ゆめではあるまいな。」

といいました。

「少し、やすませてください。ひたすら歩いてきたもので、あしがぼうのようになりました。」

エッちゃんがいうと、ラクダの母《かあ》さんは、

「少しだなんていわないで、ずっといておくれ。部屋《へや》は、どこもかしこも全部《ぜんぶ》あいている。すきなところをつかっていいからね。ああ、かいだんがいやだったら、あれをつかってのぼりな。」

ラクダの母《かあ》さんは、おくのエレベーターをゆびさしました。

「おばさん、何かいまであるの？」

ソリンがたずねました。

「このホテルはな、五千九百六十三かいまであるんだ。」

「まるで、ちょう高《こう》そうビルだわ。わたし、カケ山のリンゴの木より高いところ、はじめて！ずっといたいな。」

ソリンは、わくわくしてきました。

「おいおい、そんなわがままをいうものじゃない。ぼくたちは、お金をもってない。一円だって、はらえないんだ。何日もいたらめいわくをかけてしまうじゃないか。」

サミーは、こまった顔をしました。すると、ラクダの父《とう》さんは、

「めいわく？　そんなこと、だれも思っちゃいない。はんたいに、ありがたいくらいさ。ああ、それから、お金なんていらないよ。もし、しはらうとしたら、こちらの方さ。でも、君たちは、どうして、お金をしはらうなんてばかばかしいことをいうんだい？　わしには、意味がわからないなあ。」

と、首をかしげていいました。

「ばかばかしい？　地球《ちきゅう》では、ホテルにとまったら、お金をしはらうのがじょうしきなのです。」

ジンが、まじめくさっていいました。

「母《かあ》さんや、おっどろいたねぇ。地球《ちきゅう》というところは、とまった人がお金をしはらうんだとさ。」

「ここではそのぎゃく。わしらが、とまった人にお金をしはらうというのが、じょうしきなんだ。だから、お金の心《しん》ぱいなどいらない。何日でも、すきなだけとまっておくれ。ただし、このホテルには、ひとつだけきまりがある。」

「きまりって？」

ソリンがふしぎそうにたずねました。

「さあさ、こっちにきておくれ。」
ラクダの母《かあ》さんは、みんなをロビーにあんないすると、かべをゆびさしました。
「ここに書いてある。」
オレンジ色のかべには、白い紙がはってありました。

†　ホテルのきまり―

ここでは、おきゃくさまがとまりたいだけ、何日間でもたいざいすることができます。ただし、どんなにきたなくてもそうじをしてはなりません。

もし、このきまりをやぶってしまったら、このホテルのアルバイトを五千九百六十三日間してもらいます。

あしからず。

（ホテルのオーナー）

「それじゃ、ごゆっくり。」
というと、ラクダの父《とう》さんと母《かあ》さんはホテルの中にきえていきました。
「そうじをしてはいけないなんて、へんなきまりね。わたしそうじぎらいだから、たすかっちゃうわ。えへへっ。」

ソリンはにっこりしました。

「ところで、どこでやすもう？」

サミーがたずねました。

「もちろん、五千九百六十三かいよ。」

ソリンは、どっすんどっすんと大きな音をたて、エレベーターの方へかけだしました。

「おーいまてよ。」

みんなはソリンをおいかけて、エレベーターの中にかけこみました。その時、ちょうどドアがしまりました。

　ぎりぎりセーフです。さい上《じょう》かいまで、一気《いっき》にかけ上がりました。

　エレベーターのドアがあくと、そこは、たしかに五千九百六十三かいでした。

「うわー、きれい！　まっかな夕日だわ。」

ソリンが、ほおをそめていいました。

「ああ、なんてきれいなんだろう。」

「空にちかづいたみたいだ。」

「手をのばせば、夕日にとどきそうだ。」

カケルとハネルとコケルのほおも、まっかにそまっています。

「それにしても、さばくって広いのね。どこまでもつづいてる。」

エッちゃんも目をほそめました。

「さて、日もくれてきたし、今《こん》ばんはここでやすませてもらうことにしよう。そろそろ部屋《へや》に入って、こしをおちつけようじゃないか。」

サミーがいった時、ジンはドアの前でねころがっていました。へとへとにつかれていたのです。

エッちゃんがドアをあけると、いったい何があったでしょう？　部屋《へや》の中はごみの山でした。ふとんはしきっぱなしで、まくらはあちこちにふっとんでいます。ゆかたはうらがえしのままぬぎっぱなしてあり、おびは見あたりません。あたりには、本やえんぴつ、はぶらしなどがちらばっていました。

その上、テーブルの上には、食べのこしのパンやぎゅうにゅう、バナナがくさっていました。はえが、うれしそうにやってきては、食べていました。

「なんてきたない部屋《へや》なんでしょう。そうじをわすれてる。」

ソリンがはなをつまんでいいました。

「こんなところじゃやすめない。ほかの部屋《へや》にうつろう。」

ハネルがまっさきに部屋《へや》をとび出すと、みんなも大きくうなずきました。

「ああ、そうしよう。ひとつ下に行こう。」

エレベーターのドアがあくと、そこは、五千九百六十二かいでした。さて、部屋《へや》の中はどうだったでしょう？　ざんねんながら、ごみの山でした。ベットはさかさまになり、シーツはまるめてすみになげられ、ふとんはやぶかれたまま、羽毛《うもう》があちこちにとんでいました。

「なんてきたない部屋《へや》なんでしょう。そうじをわすれてる。」

ソリンが、目をまるくしていいました。

「鳥たちの羽毛《うもう》をつかって、ふとんをつくるなんて……。気分がわるくなった。ほかの部屋《へや》にうつろう。」

サミーがまっさきに部屋《へや》をとび出すと、みんなも大きくうなずきました。

「ああ、そうしよう。ひとつ下に行こう。」

　エレベーターのドアがあくと、そこは、五千九百六十一かいでした。さて、部屋《へや》の中はどうだったでしょう？　ざんねんながら、やっぱりごみの山でした。タンスからはタオルやくつ下がとびだし、シャワーしつのカーテンはフックがとれかかり、よくそうには、あちこちに赤かびと黄色かびがきれいに生《は》えていました。

「なんてきたない部屋《へや》なんでしょう。そうじをわすれてる。」

ソリンが、黄色い声をあげました。

「なんてことだ。ここもだめか。ぼくは、今《こん》ばん、ゆっくりおふろにつかりたい。ほかの部屋《へや》にうつろう。」

ジンがまっさきに部屋《へや》をとびだすと、みんなも大きくうなずきました。

「ああ、そうしよう。ひとつ下に行こう。」

　エレベーターのドアがあくと、そこは、五千九百六十かいでした。さて、部屋《へや》の中はどうだったでしょう？　ざんねんながら、やっぱりだめ。どの部屋《へや》もごみの山。ちらかしほうだいだったのです。

おどろくなかれ、サミーたちは、ひとばん中、部屋《へや》さがしをしました。いっすいもしなかったのです。すごいでしょう？

　でもね、ずっとさがしたかったわけではありません。きれいな部屋《へや》がなかったので、やすむことができなかったのです。

　一かいずつ下がってきて、とうとうのこすは一かいだけです。いつのまにか、空には、朝日が顔を出していました。

さて、部屋《へや》の中はどうだったでしょう？　ざんねんながら、やっぱりごみの山でした。食べのこしたハンバーグにゴキブリがわいていました。

「キャー！」

ソリンが黄色い声をあげると、ほかのみんなもあわててとび出してきました。

「ざんねんだが、ここはとまれない。すぐに出よう。」

サミーがいいました。


さて、このホテルは、『ごくろうさん』という名前でした。なぜだと思いますか？

きっと、頭のいいみなさんは、

「わかった！　ホテルが五千九百六十三かいまであったからでしょう？　数字で書くと、ごくろうさんって読むもの。」

と、目をかがやかせて、いうことでしょう。大せいかい！　さすが、子どものみなさんは、かんがいい。大人《おとな》になると、こうスムーズにはいきません。

でもね、もうひとつ、大事《だいじ》な意味があったのです。わかるかな？

「うーん。」

なやんでいる声が聞こえますので、こたえを書きますね。

心のじゅんびはいいですか？　あっ、そうそう。メモの用意をする人は、今のうちにしておいてくださいね。

それでは、ほんとうに書きます。あのね、つかれきったおきゃくさんたちは、自分《じぶん》たちがとまる部屋《へや》を一かいから五千九百六十三かいまで、くまなくさがすでしょう？

でも、ひとばんかかっても見つからない。『ほんとうに、ごくろうさま！』という意味がこめられていたのです。

今まで、とまったおきゃくさんは、だれ一人《ひとり》いません。そんなことあたりまえよね。

このホテルは、いくら、おきゃくさんがきても、決して、やすめない、とまれない、くつろげないようにつくってあったのです。一どきた人は、二どとおとずれることはありません。

ラクダのふうふは、そうじぎらいの人間たちのくせをなおすために、このホテルのけいえいをはじめました。五千九百六十三ものきたない部屋《へや》を見れば、だれだってはき気がしてきます。

いくらそうじぎらいの人間たちでも、きたないことが悪に思えてくるはずです。

それがラクダのふうふのねらいでした。

ですから、ホテルのそうじは、いっさいしません。はんたいに、まい日、ちらかして、きたなくするよう、こころがけてきました。

さて、かんじんのソリンは、どうだったでしょうか？　ホテルをとび出したところをみると……。

さいごにおまけです。このホテルのもくひょうをしょうかいしましょう。

†ごくろうさんホテルのもくひょう

♥　くさい

♥　きたない

♥　かたづけない

13　レリンのくせたいじ

サミーがアイスクリーム門のところで、

「カケル、君におねがいがあるんだ。」

というと、カケルは、

「わかってます。ソリンちゃんをカケ山に送り、次の姉妹《しまい》をつれてくればいいんでしょう？　まかしてください。」

「わるいな。」

サミーが、ふかぶかと頭を下げました。

「おやすいごよう。さあ、頭を上げて。」

「みんな、ありがとう。わたし、これからはそうじをするわ。きたない部屋《へや》なんて、もうこりごり。きれいになったら、みんなを地球《ちきゅう》にしょうたいする。ぜひ、あそびにきてね。」

ソリンが手をふっていいました。

　カケルは、ソリンと手をつなぎ、時計のふたをあけると、

「カケ山のちょうじょうへ、レッツゴー！」

といってハートがたのボタンをおしました。

「一、二、三、……。」

サミーたちが、カウントをはじめました。


　きっかり六びょうたった時、カケルのよこにはレリンが立っていました。レリンは、みんなの方をむくと、こしまである長いかみをかきあげて、

「次女のレリンよ。わたしが、一ばんになるはずだったのに、ミリンもソリンも先に行っちゃってさ……。もういやになっちゃう。」

と、ぷりぷりしていいました。

「そんなにおこるなよ。二人《ふたり》とも、君の妹《いもうと》だろう？　それくらいゆるしてやりなよ。それより、レリンちゃん、さむくないかい？」

コケルは、心《しん》ぱいそうにいいました。

　まっかなワンピースからは、ほそい手足がとび出し、あばらぼねがうきあがって見えました。

ソリンとは、ぎゃくに、少しやせすぎのようです。

「ぜんぜん、ぽかぽかあったかいほどよ。わたし、三ばんってのが気にいらないの。だって、『さいてい』っていうじゃない。」

レリンの顔はほてって、ピンク色にそまってきました。

「三ばんは、魔女《まじょ》たちのラッキーナンバーなのよ。あたしだったら、大よろこびするところだわ。」

「へーえ、そうなの。でも、どうして？」

「ただ何となくよ。わけなどないわ。何となくいい予感《よかん》がするの。あっ、そういえば『さいこう』ってことばもあるわ！」

エッちゃんがいうと、レリンは、

「でもね、わたしは魔女《まじょ》じゃないもの。」

といって、門をけりました。

そのしゅん間、アイスクリーム門はぐらりっ！　とゆれました。

「あぶない！」

サミーがさけんだその時、はんたいほうこうから、うまいぐあいに北風こぞうのピューンがやってきて、門をおさえました。

ピューンのうでっぷしは、かなりのものでした。ここが、もし地球《ちきゅう》だとしたら、パリのがいせん門ほどもあるアイスクリーム門を、たった一人《ひとり》でささえたのです。

「ああ、たすかった！」

ハネルのひたいには、大つぶのあぶらあせが光っていました。

「この門は、もろい。何しろ、アイスクリームでできているんだからね。たたいたり、けったりするのはやめてくれ。」

ジンが、門をなめながらいいました。

「えっ、アイスクリーム?」

そういうと、レリンもむちゅうになってなめました。

「さあ、くせたいじのたびにしゅっぱつだ。みんなで力をあわせて、レリンちゃんのくせをやっつけよう。」

サミーがいいました。

さて、かんばんの前に立って、レリンは首をかしげました。

「かみさま、わたしのくせって何だろう?」

「レリンちゃんは何だと思う?」

「わたし、自分のくせがわからない。だって今まで、ぜんぜん気にしないで生活してきたんだ。」

レリンがいうと、サミーは手ちょうをひらいて、

「このノートには、『れいぎ知らず』と書いてある。コースは、レだな。」

といいました。

(わたしが、れいぎ知らず?)

レリンは、首をかしげました。

「みんなで、レのコースにのぼろう。」

ジンの声が、くせたいじ山にひびいていきました。

「めまいがする。魔女《まじょ》さんおねがいだ。少し休ませてくれ。」

「大じょうぶ? サミー、あたしのかたにのって。」

サミーは、エッちゃんのかたにのるとかるく目をとじました。たびのつかれが、でたのでしょう。

一行《いっこう》は、赤い鳥をかたにのせたエッちゃんをせんとうに、てくてくと歩き出しました。すぐに、白いひまわりばたけが見えてきました。

「ここだ！　レのコース入り口だ。」

コケルは入り口を見つけると、くきのところをのぞきこみました。

きゅうなのぼりざかが、どこまでもつづいています。

「たいへん！　ぼくにはむりだ。」

「しかたない。おいらがおんぶするよ。」

ハネルがわらっていうと、

「わたしも、こんなのぼりざか歩けない。だってこれを見て！」

レリンが、まっかなハイヒールをかたほうだけぬいで見せました。

「そうだ、いいものがある！」

カケルは、ポケットからそりをだしました。それは、大きなそりでした。七人はらくにのれそうです。

「うれしい！　これで歩かないですむわ。ハイヒールだって大じょうぶ。」

「そりか……。ざんねんだが、のぼりではつかえない。」

ジンがくやしそうにいいました。

「そう思うだろう？　ところがね、これはちがう。のぼりはもちろんのこと、空だってとべる。クリスマスが近くなると、サンタクロースのおじいさんがつかうものなんだ。ほら、ここをごらんよ。」

よく見ると、そりの先に赤はなのトナカイがいました。

トナカイは、目を白黒させている生きものをながめると、

「さあ、みんな、のった！　のった！　おいら、クリスマスじゃないのに人をのせるなんてはじめてさ。」

とはずんでいいました。

そりは、とぶようにさかをのぼっていきました。まるで、ジェットコースターのようです。

雪道が終わり、じゃり道になってもおかまいなし。いきおいよく、ずんずんのぼっていきました。

ずんずんのぼって、山のふもとにつくと、何があったでしょう？　そこには、ノイチゴばたけがひろがっていました。

「あまずっぱいかおりがする。」

そりからまっ先におりると、レリンがさけびました。

ノイチゴは、白い花の下にちょこんとかくれるように、まっかな実をつけています。その中を、ナナホシテントウムシやみつばちがダイビングのれんしゅうをしていました。

あたりには、ノイチゴのあまずっぱいにおいがぷんぷんたちこめています。サミーは、そのかおりをかぐと、

「ぼくも元気がわいてきた。」

といって、パタパタとびました。

七人は、ノイチゴばたけをかけ回りました。

するると、どこからか、白いカナリアがやってきて、赤い鳥に耳うちしました。

「わたしについてきて！　おもしろいところがあるの。みなさんをあんないするわ。」

カナリアのあとについていくと、ノイチゴばたけのすみに、赤いレンガでできた家が一けんありました。

「三かくぼうしの屋根が十二もあるわ。まるでごてんね。」

エッちゃんは目をぱちくりさせました。

「だれが、すんでいるんだろう？」

サミーは首をかしげました。

「きっと、大金もちの王さまにちがいない。まい日、ちがう部屋《へや》でパーティーをひらいてるんだ。」

ハネルは高くジャンプすると、モミの木にのって中をのぞくようなかっこうをしました。

「おひめさまって、ぜいたくでしょう？　ドレスは、一時間ごとに着がえるの。きっと、洋ふくダンスはいくつあっても足りない。それで、十二ものそうこをつくったのかもしれないわ。」

レリンがいいました。

「えへへっ、ここからは、ぼくがあんないするよ。」

赤はなのトナカイがわらっていいました。

「あらまっ、あなたついてきたのね。」

レリンは、目をぱちくりさせました。

「だって、ここはぼくの家だもの。中では、サンタじいたちがしごとをしてる。さあ、そんなところに立ってないで入って。」

「サンタじい？」

七人は、同時にたずねました。

「ああ、ここは、サンタじいたちのしごとばなんだ。」

「いったい、何のしごとをしてるの?」

エッちゃんがたずねました。

「それは、見てからのお楽しみ。」


ドアをあけると、赤いふくをきた白ひげのおじいさんが、テーブルのまわりにわになっていました。

「わたし、目がへんになっちゃった。サンタさんがいっぱい見える!」

「レリンちゃんもかい? じつは、ぼくもだ。それが、二人《ふたり》や三人じゃない。じゅ、十二人も見える。」

ジンは、何ども目をこすりました。

「心《しん》ぱいはいらないよ。じいたちは、ほんとうに十二人いるんだ。」

「じいや、友だちをつれてきた。」

「ホップ、おまえが友だちをつれてくるなんて、はじめてのことじゃないか。」

「こんにちは。おじゃまします。」

サミーが頭を下げると、カケルもハネルもコケルもエッちゃんもジンも、みないっせいに頭を下げました。

ところが、レリンときたら、

「サンタさんたち、何のんでるの?」

といってかけよると、かってにとだなからワイングラスをとりだし、赤いえきたいをなみなみとつぎました。そして、ひとくちだけ、味見すると、

「おいしい！　ノイチゴの味がする。」

というなり、ごくごくとのみほしました。そして、一人《ひとり》のサンタじいのひざにのると、

「このひげ、気もちいい。」

といって、あごひげをさわりまくりました。少したつと、

「ああ、おなかがすいた。何か食べるものないの？」

といって、れいぞうこやとだなをかたっぱしからさがしはじめました。

「レリンちゃん、やめなさい。」

エッちゃんが止めましたが、レリンの耳には入りません。

　十二人のサンタじいは、レリンのこうどうをポカンとした顔で見ていました。そのうちに、さっきひげをさわられたサンタじいが、

「君の顔を、どこかで見たような気がするのじゃが……。君の名は、レリンちゃんといったな？よし、しらべてみよう。君もくるがいい。」

と、あごひげをなでながらいいました。

「わしらも、しごとにかかろう。」

というと、ほかのサンタじいたちは、長いろうかをわたり、つぎつぎと部屋《へや》にきえていきました。

「さんかくぼうしの屋根の家は、サンタじいたちのしごとばだったのか。だけど、しごとって何だろう？」

ジンが、ふしぎそうにつぶやきました。

部屋《へや》のドアには、それぞれ一月から十二月までの月がかかれたかんばんがぶらさがっていました。

「わしのしごと部屋《べや》はここじゃ。」

というと、サンタじいは、四つ目の部屋《へや》のドアをあけました。ドアには、『四月』とかいたかんばんがかかっています。

部屋《へや》の中には、大きなコンピューターがカチカチという音をさせてうごいていました。サンタじいは、いすにこしをおろすと、『レリン』と名前《なまえ》をうちました。何びょうかするとがめんに百八十三人の顔があらわれました。「わたしがいる！」

レリンがさけびました。

「地球《ちきゅう》には、四月生まれでレリンという名前《なまえ》の人が百八十三人いるってことさ。このコンピューターには、四月生まれの人間たちの顔と名前《なまえ》、そしてたんじょう日が全部《ぜんぶ》はいっておるのじゃ。君の顔をどこかで見たことがあると思ったが、やっぱりな。」

サンタじいは、目じりのしわをふかくよせました。

「サンタじいのしごとは、クリスマスイブのばん、子どもたちにプレゼントをくばることでしょう？　何も、たんじょう日なんかしらべなくったって……。ややこしいことをやってるのね。」

「それはな……。わしたちには、もうひとつの大事《だいじ》なしごとがあるからなんじゃ。」

「大事《だいじ》なしごとって何？」

レリンがたずねた時です。

「ああ、たいへんだ！　君は、十年前からゆくえふめい。とつぜん、地球《ちきゅう》からすがたをけした。

十二さいのままになっておるじゃないか。」

サンタじいは、いすからとびあがっていいました。

「わたしのこと、よく知ってるのね。十年前かぞくりょこうで、あそびにやってきた。それから、ずっとここにいるの。あの時、たしか小学六年生だった。そういえば、わたし、あの時のままだわ。どうして年をとらないのかしら？」

レリンが首をかしげました。

「サンタじいたちは、地球《ちきゅう》の人間たちに、年れいをプレゼントするのが仕事なんだ。たんじょう日になると、まい年、とうめいなはこにいれて地球《ちきゅう》にとどける。テストでれい点とった子にも、にんじんがきらいな子にも、けんかして大なきしている子にも、年をとりたくないとなげいているおばさんにも、耳のとおくなったおじいさんにも、びょうどうにプレゼントする。おかげで、ぼくは、そりひきのしごとで大いそがし。四月は、ねむるひまがないくらい。そりにとうめいなはこをのせて、ほとんど、まい日、地球《ちきゅう》に行ってる。」

「ああ、ホップにはおせわになっている。こいつがいないと、わしはしごとができぬ。中には、『早く年をとって、お酒がのみたいわ。』とさわいでるわかい子もいるけれど、年は、ひとつしかいれんのじゃよ。びょうどうが、わしらのつとめ。それをやぶるわけにはいかん。わっははは。」

サンタじいは、わらっていいました。

「ごめんよ。わらっているばあいじゃなかったな。地球《ちきゅう》から君のすがたがきえて、わしは、年のプレゼントができんようになってしまった。わるかったな。」

「そうか！　それで、十年間も年をとらなかったんだ。地球《ちきゅう》にかえったら、今までの分の年を全《ぜん》部《ぶ》ちょうだいね。」

レリンは、おねがいするようにいいました。

「それはできない。何しろ、年っていうのはやっかいなもので、とった分だけ、心も大人《おとな》にならなければならない。からだを大人《おとな》にすることはかんたんでも、考え方まで、せいちょうさせることはできんじゃろう？　このところ、地球《ちきゅう》では子どもたちのじけんがたえない。それで、先月、きんきゅう会ぎをひらいて『れいがい』をつくったのじゃ。」

「れいがい？」

「ああ、これだよ。」

サンタじいは、コンピューターのがめんをゆびさしました。

☆　サンタクロースのしごと
地球《ちきゅう》にすむ人間たちに、年に一ど、年れいのプレゼントをすること。

ただし、どんな理由があっても、年れいはひとつより多くいれてはならない。

プレゼントは、たんじょう日に行うこと。けっして、早すぎたりおそすぎたりしてはならない。

♥　れいがい
心がせいちょうしない者には、年のプレゼントはしなくてもよい。

「わるいが、わしは、今の君に十どころか、ひとつだってプレゼントはしない。いや、したくたってできんのじゃよ。」

サンタじいは、きびしいひょうじょうでいいました。

「どうして？　わたしが地球《ちきゅう》にかえっても？　そんなのひどすぎる。」

レリンはなきさけびました。

「だって、考えてごらん？　ここへきた時の君のたいどときたら、ようちえん生《せい》なみじゃないか。人の家にあがりこむなり、かってにものをのんだり、とつぜん、人のひざにのってひげをさわったり、その上、今《こん》どはおなかがすいたなどとほざいて、とだなやれいぞうこをあけてさがし回る。そんな子に、年れいをあげられるかい？　できれば、五つくらいへらしたいくらいだよ。れいぎ知らずにもほどがある。」

サンタじいの顔は、まるでおにのようです。レリンは、ぶるぶるふるえました。

（どうしよう。わたし、一生、十二さいのままなんていやだ。）

心の中でさけびました。

「レリンちゃん、君は、あい手の気もちになって考えたことがあるかい？　自分《じぶん》がされていやなことはしない方がいい。知らない人が、とつぜん君の家にやってきて、部屋《へや》をあらしまわったらうれしいかい？」

ホップがたずねました。

「ちっとも、うれしくなんてない。わたし、これからどうしたらいいの？　まっくらなあなの中に入ったみたいでこわい。」

レリンは、じしんのない声を出しました。

「そんなに、なやむことはないさ。何かやる時、ちょっとだけあい手のたちばになって考えてみる。心がうれしいとかんじたら、やればいい。ただ、それだけのことさ。むずかしいことなんて何もない。」

「ありがとう。わたし、あなたのおかげで、少しだけわかった。今まで、あい手のたちばなんて考えたことなかったわ。サンタさん、ごめんなさい。ゆるしてください。」

「もうゆるしておるよ。」

サンタじいの顔は、まるで、天使のようでした。


「さて、帰るとしよう。」

一行がそりにのりこんだ時、白いカナリアが赤い鳥に耳うちしました。

「また、いつかお会いしたいわ。」

その時、白いカナリアは、ちょっぴりピンクにそまりました。

14 シリンのくせたいじ

「わたし、サンタさんからのプレゼントがもらえるように、どりょくするわ。今まで、自分《じぶん》かってにふるまって、どれだけ多くの人をきずつけてきたことか……。れいぎ知らずのわたしとは、きれいさっぱりおわかれするつもり。みんなにも、めいわくかけちゃったわね。」

レリンは、むねの前でりょう手をあわせるとちょこんと頭を下げました。

カケルは、レリンと手をつなぎ、時計のふたをあけると、

「カケ山のちょうじょうへ、レッツゴー！」

といってハートがたのボタンをおしました。

「一、二、三、……。」

サミーたちが、カウントをはじめました。


きっかり六びょうたった時、カケルのよこにはシリンが立っていました。たまご色のワンピースをきて、せなかには黄色いリュックをしょっています。

シリンは、七姉妹《なな　し　まい》の一ばんすえっ子。まだどことなく、あどけなさがのこっています。

「あたし、どこに行くの？」

バンビのようなひとみを、くりくりさせていいました。

耳のところで切りそろえられたかみに、まるいほっぺがよくにあっています。

「うん、たびのコースはこれからだ。まず、シリンちゃんのくせをしらべないとな。」

コケルが、バンビのようなひとみを見つめていいました。

「あたしにくせはないよ。地球《ちきゅう》にいたころ、ママは、いつも、『シリンちゃんはいい子ね。』ってほめてくれたもん。あたし、ついさっき、思い出したの。」

「そうだな、きっと、君は、さいこうにいい子にちがいない。だけど、どんないい子にもくせはあるものなんだ。」

コケルがいうと、シリンはまるいひとみを、いっそうくりくりさせました。

「やっぱり？　この前、かみさまも、おんなじことといってた。」

「シリンちゃんは小さいのに、ぼくのいったこと、よくおぼえていたね。」

サミーは、かん心《しん》するようにいいました。そして、みんなの方をむくと、

「さあ、くせたいじのたびにしゅっぱつだ。みんなで力をあわせて、シリンちゃんのくせをやっつけよう。」

と、いせいよくいいました。

「まずは、はらごしらえだ。」

ジンがつぶやくと、みんないっせいに、アイスクリーム門をなめはじめました。

いくら食べても、門の高さはいっこうにかわりません。なぜかって？　ふしぎなことに、食べた分だけ空から雪がおちてきて、門になったのです。

さて、かんばんの前に立って、シリンは首をかしげました。

「かみさま、わたしのくせを教えて？」

シリンがいうと、サミーは手ちょうをひらいて、

「このノートには、『しんぼうできない』と書いてある。コースは、シだな。」

といいました。

「しんぼう？　あたし、きんぴらごぼうなら、わかるんだけど……。」

「シリンちゃん、これは食べものじゃないんだ。」

「じゃあ、おにがもってるこんぼう？」

「いや、それともちがう。くせっていうのは目に見えないものなんだ。」

「まるで、ゆうれいみたい。こわいな。」

シリンは、ぶるぶるっとからだをふるわせました。

「みんなで、シのコースにのぼろう。」

ジンの声が、くせたいじ山にひびいていきました。

一行《いっこう》は、赤い鳥をせんとうに、てくてくと歩き出しました。すぐに、白いひまわりばたけが見えてきました。

エッちゃんが、ふふふっとわらって、

「ヒマワリさん、入り口はどこ？　教えないと、今《こん》どこそ首をちょんぎるわよ。」

と、おどしました。

ヒマワリたちは、きんちょうしてぺこっと頭を下げました。すると、顔の雪がおちて青白い顔が見えました。

「あった！　シのコース入り口だ。」

みんな、いっせいにさけびました。くきのところをのぞきこむと、なだらかな一本道がどこまでもつづいています。

「これならコケル君も大じょうぶだ。よかったな。」

サミーが、コケルの耳元でつぶやきました。

「ほっとしました。だけど、ハネルのせなかは、じつに気もちいい。少しざんねんな気もします。」

コケルがわらっていうと、

「コケル、じょうだんいうなよ。」

ハネルがあわてていいました。

雪道をとことこ、とことこ歩いていくと、ほそい道がしだいに太くなっていきました。と同時に雪もとけだして、地面の上を小川のようにチョロチョロとながれていきます。

「水のながれを見ると、ここは下りざか。らくなわけだ。」

コケルは、一人《ひとり》でうなずきました。

三百メートルほど歩いたでしょうか？　シリンちゃんは、とつぜん、

「あたし、もう歩けない。」

といって、立ち止まりました。

「もう少しだ、がんばろう。」

と、コケルがはげました時です。

目の前に、黄色い野原が広がっているではありませんか。よく見ると、一めんのナノハナばたけでした。

「うわー、きれい！　あれっ、このけしき、どこかで見たことがある。」

シリンは、ひっしに思い出そうとしました。

「そうだわ！　あたしんちの家のうら山だ。ママと手をつないで、よくおさんぽしたわ。クロスケ、元気にしてるかな？」

クロスケというのは、シリンがかわいがっていた子犬です。まだ、よちよち歩きなので、さんぽの時はバスケットに入れてよく出かけたものです。

その時です。どこからか、キャン、キュウイーンという声が聞こえました。シリンは、

「あの声は……。」

というと、声の方にむかっていちもくさんにかけだしました。

「おいおい、どこへ行くんだ。」

「そんなにあわてるところぶわよ。」

といいながら、ほかのみんなもついていきました。

「やっぱりクロスケだわ！　地球《ちきゅう》にいた時、あたしがかっていた犬よ。」

シリンは、犬をだきながらいきをはずませました。

「へーえ、かわいいな。」

「クロスケっていうのか。そういえば、お前はまっ黒けっけ。ぴったりの名前《なまえ》だ！」

「シリンちゃんの手をペロペロなめてる。」

「うふっ、くすぐったいわ。クロスケ、やめて！」

そのうちに、犬はクンクンとはなをならしました。

「クロスケ、きっとおなかがすいてるのね。だけど、こまったわ。ここには何もない。ほんのちょっと、ミルクがあればいいんだけど……。」

シリンは、ためいきをつきました。

「うーん、こまった。」

ほかのみんなも、うでぐみをしたままだまりこんでしまいました。

「あれっ？　こんなところにかいだんだ。」

とつぜん、ジンがさけびました。

　ナノハナばたけのまん中に、長い石だんがどこまでもどこまでもつづいています。この上には、いったい何があるというのでしょうか？

ふと見ると、そばに、クリーム色したかんばんが立っていました。

このかいだんは、ぴったり八百八十八だんあります。べつめい、『はははのかいだん』とよばれています。

全部《ぜんぶ》のぼり終えると、ぼくじょうが広がって、おいしいミルクがのめます。

「おいしいミルクだって？　あたし、のぼる。クロスケにのませてあげたいの。」

シリンは、犬をぎゅっとだきしめました。

「みんなでのぼろう。」

サミーがいうと、

「もちろん、そのつもりよ。レッツゴー！」

エッちゃんがさけびました。

「うれしいな。ミルク、ミルク、おいしいミルク。クロスケまっててね。」

というと、シリンはまっ先にかけあがりました。

「シリンちゃーん、はやすぎる。これじゃ、みんながついていけない。先は、まだまだ長いんだ。」

カケルが大声をあげると、シリンはふりかえっていいました。

「わかってる。だけど、あたし、いっこくも早くのぼってミルクをあげたいの。ごめんなさい。」

「あしもとには、十分《じゅうぶん》気をつけるんだよ。それじゃ、上で会おう。」

サミーがまだいいおわらないうちに、シリンはいきおいよくのぼっていきました。

五百だんくらいのぼると、いきがはーはーしてきました。

「ああ、くるしい。だけど、クロスケのためにがんばらなくちゃ。まだ、半分をこしたばかり。」

シリンは少しだけ休むと、また、すぐにのぼっていきました。

六百だんくらいのぼると、だんだんいきがあらくなってきました。

「ああ、くるしい。だけど、クロスケのためにがんばらなくちゃ。」

シリンは少しだけ休むと、また、すぐにのぼっていきました。七百だんくらいのぼると、いきがくるしくなってきました。大つぶのあせが、ひたいからながれおち、クロスケの頭におちました。

「もうだめ。これいじょうのぼれない。クロスケごめんね。」

というと、クロスケに顔をちかづけました。すると、クロスケはシリンのまるいほっぺをぺろぺろなめ、くんくんとはなをならしました。

シリンには、それが、

（おなかがすいた。ミルクがのみたい。）

といっているように聞こえました。

「あたし、もう少しがんばってみる。」

というと、シリンは石だんをのぼりはじめました。

八百だんくらいのぼると、あしがぼうのようになり、上にもちあがりません。ひたいから、あせがたきのようにながれ、クロスケの頭にたらたらとおちました。

「もうだめ。あしがあがらない。クロスケごめんね。」

というと、シリンの目に、ふわっとなみだがうかびあがりました。

まばたきすると、クロスケのはなにながれおち口をつたいました。クロスケは、なみだをのもうとするしぐさを見せました。

「ごめん、あたしこれいじょうのぼれない。クロスケ、ほんとうにごめんなさい。ゆるして。」

シリンは、何ども何どもあやまりました。

なみだが、クロスケのはなにポタポタとながれおちました。クロスケは、

「もっと、水をちょうだい。」

というように、かわいたしたをだすとハーハーとあらいいきをしました。


その時、下から足音がしました。ふりかえると、サミーたちがゆっくりとのぼってくるのが見えました。

シリンは、石だんにこしをおろすと、大きなためいきをひとつつきました。ぼうぜんと下をながめていると、しだいに、すがたが大きくなり、一行《いっこう》は、とうとう目の前にあらわれました。

「シリンちゃん、ぼくたちをまっていてくれたんだね。とってもうれしいよ。」

サミーが声をはずませていいました。

「ううん、そうじゃないの。」

「えっ、それじゃ、なぜ?」

「あたし、足がいたくなって、これいじょうのぼれなくなったの。あんなにやくそくしてたのに、クロスケに、ミルクがあげられない。」

シリンは、ここまでいうとなみだ声になりました。

「シリンちゃん、あたしたちといっしょにのぼりましょう。あと少しよ。ここでくじけちゃいけないわ。」

エッちゃんがはげましました。

「あと八十八だん。すぐだよ。ぼくだって、この足でのぼってきた。」

コケルは、あせをふきふきいいました。

「すぐじゃないわ。あたし、足がうごかないの。もう一歩だってのぼれない。」

「下をごらんよ？　君は、自分の足で八百だんものぼってきた。その君が、あと、たったの八十八だん、のぼれないことがあるだろうか？」

サミーがしずかにいいました。

　その時、いっしゅん風がふき、まわりにさいているナノハナたちが、長い首をふりました。

「……。」

「あのね、だめだときめてしまうと、心の中にすんでいるゆう気のかみさまが、おうえんしてくれなくなってしまう。あと、ひといきがんばればできるのに、あきらめたとたんにその力を全《ぜん》部《ぶ》うばってしまうんだ。はんたいに、いくらだめだと思っても、『やればできる。自分《じぶん》にできないことなど何ひとつない。』って、いいきかせてごらん？　そうすると、ふしぎなことがおこるんだ。ぜったいだめだと思っていたことができる。もう少し、自分《じぶん》をしんじてごらん？」

サミーが、ひとことひとことをかみしめるようにいいました。シリンはしばらく考えていましたが、顔をあげると、

「あたし、のぼってみる！」

といって立ちあがりました。

　その時、ぱちぱちとはくしゅがわきあがりました。ナノハナたちも、まるで、よかったとでもいうように首をふりました。

　シリンは石だんのほうをむいて、左足を一歩だしました。すると、どうでしょう。

うごかないと思っていた左足が、八十一だんめにとどき、ほとんどいっしょに、右足ももちあがりました。

「やったー。できるじゃないか。」

「シリンちゃん、すごい！」

「あと、八十七だんだ。」

みんな、よろこびの声をあげました。

シリンは、だんだん元気がでてきました。

「あたしにできないことはない。」

とつぶやきながら、一だん一だんふみしめてのぼりました。

「シリンちゃん、いいぞ。そのちょうし。」

まわりの声にはげまされると、いっそうゆう気がわいてきました。

「ファイト、ファイト、ファイト！」

シリンは、かけ声をかけながらのぼっていきました。

するとどうでしょう。あんなにいたかった足のいたみがとれ、だんだんうすらいでいくようにかんじました。

「あと一歩だわ。ファイト！」

シリンは自分をはげますと、さいごの石だんに左足をかけました。

すぐに、ふわっと右足もうき、まぼろしのちょうじょうに立ちました。シリンは、ふりかえると、さけびました。

「やったー。あたし、八百八十八だんをのぼったわ。」

ナノハナが、それにこたえるように、首をぷるぷるとふりました。

ところが、あんまりいきおいよくふりすぎて、花びらがとんでしまいました。あたり一めん、黄色の花ふぶきがまいました。

「シリンちゃん、よくがんばった。」

サミーはうれしそうにいいました。

「かみさまのおかげよ。あの時あきらめていたら、ここまでたどりつけなかった。ありがとう。

そうだわ！　ぼくじょうはどこかしら……？」

シリンは、ぱたぱたと走り出しました。


すぐそばに、ぼくじょうが見えました。牛たちが、のんびりと草を食べています。

そばに、クリーム色のかんばんが立っていました。

♥　石だんをのぼりきったみなさまへ

八百八十八だんもの石だんを、よくぞのぼってこられました。あなたは、モーれつにしんぼう強い人です。

さぞ、のどがかわいたことでしょう。この草むらにあるミルクは、ぼくたちからのささやかなプレゼントです。

おいしさ百パーセントのじしん作。何しろ、今朝《けさ》、しぼったばかりのそのまんまミルクです。

人間たちが水でうすめるのとは、わけがちがいます。ご自由に、何本でもおのみください。

（ナノハナぼくじょうの牛たちより）

シリンがクロスケを見ると、目をとじたままみうごきひとつしません。

「クロスケ、しんじゃいや。」

シリンは、クロスケをエッちゃんに手わたすと、あわてて、ミルクのふたをあけました。

「おさらがないわ。」

シリンは、草むらをきょろきょろしました。

「あっ、いい考えがある！」

というと、とつぜんかけだしました。

シリンは、ふきのはっぱでコップをつくると、すぐにもどってきました。さんぽの時、お母《かあ》さんから、教わったのを思いだしたのです。

「クロスケ、ミルクよ！」

というと、コップになみなみとつぎました。クロスケは、目をとじたまま、したをだしました。

シリンが、したの上にミルクを少《すこ》しだけながすと、ごっくんという音がして、目があきました。

「生きててよかった。クロスケ、ミルクよ。さあ、いっぱいのんで、元気を出して！」

クロスケは、むちゅうでぺろぺろとなめました。

「きゃんきゃん！　きゃんきゃん！」

クロスケは、元気にはねまわりました。

もちろん、みんなもごくごくのみました。なんて、おいしかったことでしょう。

シリンは二本、カケルは三本、ハネルは四本、コケルは二本、エッちゃんは五本ものみました。口のまわりに、白いひげができました。

そうそう、わすれていました。サミーとジンは、二人《ふたり》で一本をあじわってのみました。

「さあ帰ろうか。」

サミーがいった時、ナノハナぼくじょうも、長い石だんもきえました。もちろん、クロスケのすがたもありません。

「あたしのクロスケ、どこにいるの？」

シリンは、むちゅうでさがし回りました。でも、どこにもいませんでした。

15 ドリンのくせたいじ

そこは、アイスクリーム門でした。シリンは、がっくりとかたをおとすと、口を真一文字《まいちもんじ》にむすんだまま、何もしゃべりません。

「シリンちゃん、きっと、クロスケは地球《ちきゅう》でまっているのよ。ここからはきえたけど、いなくなったわけじゃない。だから、元気をだして！」

エッちゃんは、シリンのかたをぽんとたたきました。

「クロスケ、ほんとうに地球《ちきゅう》にいるのかなあ？　いてくれたらいいんだけれど……。あたしのこと、きらいになったんじゃないかなあ？」

「きらいになる？　君は、命《いのち》のおんじんなんだよ。そんなこと、あるはずがない。」

コケルがいうとハネルとカケルも大きくうなずきました。

「シリンちゃんの帰りを、今か今かとまっているんだよ。どうぶつたちは、やさしくしてくれた人をぜったいにうらぎらない。ぼくには、その気もちがよくわかる。」

ジンがエメラルドグリーンのひとみをかがやかせていいました。

「あたし、地球《ちきゅう》に帰れるのかなあ？」

シリンが心ぱいそうにいうと、サミーは、

「君は、もうすぐ地球《ちきゅう》に帰れる。だって、長い石だんをのぼりきったんだ。きっとクロスケに会えるさ。さいごまで、のぞみはすてちゃだめ。しんじてど力すれば、かならずかなうものさ。」

といって、にっこりしました。

「ファイト！　ファイト！　シリンちゃん。」

ハネルが、とつぜん大声をあげました。

「あたし、クロスケにぜったい会えるってしんじるわ。どんなことがあっても、けっしてあきらめない。だめだと思ってあきらめてしまうと、ゆめはかなわないもの。ここへきてよくわかったの。」

シリンは、にこにこしていいました。

「君は、しんぼう強くなったなあ。」

サミーは、おどろきの声をあげました。

　カケルは、シリンと手をつなぎ、時計のふたをあけると、

「カケ山のちょうじょうへ、レッツゴー!」

といってハートがたのボタンをおしました。

「一、二、三、……。」

サミーたちが、カウントをはじめました。


七びょうたった時、カケルのよこにはドリンが立っていました。

「カケル、一びょうおくれだ。何かあったのか?」

コケルがたずねました。

「ごめんなさい。わたし、まだ時間はたっぷりあると思って、カケ山のちょうじょうをさんぽしてたの。カケルさん、さがしたでしょう?」

ドリンがてれくさそうにいいました。

すらっとしたからだに、ふじ色のワンピースがよくにあっています。むねには、クマのかたちをしたブローチがキラキラと光っていました。

「いや、すぐにわかったよ。レリンちゃんが教えてくれた。」

カケルがいいました。

ドリンは、七姉妹《ななしまい》の一ばん上。きれ長の目にはなすじのとおった顔は、どことなく日本人形を思わせました。

サミーは、みんなの方をむくと、

「さあ、くせたいじのたびにしゅっぱつだ。みんなで力をあわせて、ドリンちゃんのくせをやっつけよう。」

と、いせいよくいいました。

「わたし、おなかがすいてきた。」

「ドリンちゃん、いいものがある。この門をかじってごらん?」

ジンが門をゆびさしていうと、ドリンは、まるで、きつねにつままれたような顔になりました。

ジンが先に食べてみせると、ドリンもあん心《しん》したのか少しだけ手にとってなめました。

「なんておいしいの!」

というと、むちゅうになって食べました。

もちろん、ほかのみんなも、ぱくぱくと食べました。みなさんは、きっと、

「そんなに食べて、よくあきないな。」

と、ふしぎに思うかもしれません。でもね、どんなに食べても、またすぐに食べたくなるまぼろしのアイスクリームだったのです。

さて、かんばんの前に立つと、ドリンは、たずねました。

「かみさま、わたしのくせは何ですか?」

「うーん、君は、自分のくせがわかっているんじゃないかな?」

ドリンは、どきっとしました。

「なぜ、そうお思いですか?」

サミーは、いじわるくいいました。

「君の顔にそう書いてある。」

「えっ、そんなばかな?」

ドリンが、あわてふためいていうと、両手を広げて顔をかくしました。

「あはは……。それは、じょうだん。だけど、君は、もうじゅうぶん大人《おとな》だ。おぼろげにわかっているだろう。」

「ええ、あるていどは……。」

というと、下をむきました。その時、顔がピンク色にそまりました。

「ところで、コースは何かな?」

「たぶん、ドだと思います。」

ドリンは、はずかしそうにいいました。

「みんなで、ドのコースにのぼろう。」

ジンの声が、くせたいじ山にひびいていきました。

一行は、赤い鳥をせんとうに、てくてくと歩き出しました。すぐに、白いヒマワリばたけが見えてきました。

エッちゃんが近づくと、ヒマワリたちは、あわてて頭を下げました。すると、顔の雪がおちて黄色い顔が見えました。

「こんなところにあったぞ! ドのコース入り口だ。」

一ばん小さなヒマワリのかげから、ジンがとび出してきました。

くきのところをのぞきこむと、むらさきがかったやみが、ずっとつづいています。

「やっかいなことになったぞ。先が、まったく見えない。」

サミーが、はねをせわしなくうごかしていいました。

「こわいわ。まるで、どうくつみたい。やめましょうよ。」

ドリンは、そのばにしゃがみこんでしまいました。

「だめよ、ドリンちゃん。ここをとおらなければ、あなたは一生《いっしょう》、人間にもどれない。それでもいいの？」

エッちゃんがいいきかせました。ところが、ドリンは、

「だって、この中には、おばけたちがすんでいるかもしれないもの。とつぜん、出てきたら、どうするの？」

といって、すぐにはききいれません。

「心《しん》ぱいはいらない。いくらおばけでも、君を食べたりはしないさ。『ハロー！　おばけちゃん。』ってあいさつをすればいい。もしかしたら、友だちになれるかもしれない。大じょうぶだ。」

コケルが、のんびりといいました。

「だけど、だれが先に行くの？　何も見えないのよ。いくらなんでも、むりだわ。でも、この中をすすまないと、一生《いっしょう》、地球《ちきゅう》にはもどれない。どうしよう……。」

ドリンは、気がくるいそうになりました。

「ぼくが先に行こう。くらやみでも、うっすらと見える。ねこたちの目の中には、ランプがあるんだよ。まかしてくれ。」

「ジン君、ありがとう。それじゃ、道あんないをたのむ。ぼくたちは、あとからついて行く。ドリンちゃん、よかったな。」

サミーが、うなずきながらいいました。

　ジンは、エメラルド色のランプに光をともすと、

「ぼくのうしろを、ゆっくりとついてくるんだ。」

といって、ちゅういぶかくすすみました。一行《いっこう》は、ジンをせんとうに、むらさきがかったやみの中をそろりそろり歩いて行きました。

「まわりに、花がさいているみたいだ。」

ハネルが、ポンポンはずんでいいました。

「ほんとうだ。ぶどうみたいな花が、あちこちにぶらさがっている。」

カケルがかん心《しん》したようにいうと、すぐにコケルが、

「この花は、『ふじ』っていうんだ。マメ科のしょくぶつで、うすむらさき色の花がふさじょうにさく。」

と、せつめいをくわえました。

　時間がたつと、まわりのけしきが、少しずつ見えてきました。目が、やみになれてきたのでしょう。

　どうくつの中は、ふじの花のアーチが、どこまでもつづいていました。その間を、ホタルがピカリピカリと光ってとんでいました。

「なんて、きれいなんでしょう。」

ドリンはうっとりして、何ども立ち止まりました。

　その時です。かすかな足音がコケルの耳に入りました。

「だれかくる。」

目をこらしてよく見ると、くらやみのむこうから、にんじゃらしき三人組があらわれました。むらさき色のぬのを身にまとい、しのび足で近づいてきます。

（何かきけんなにおいがするぞ。）

コケルは、とっさにあいさつをしました。

「ハロー。」

すると、三人組は、はっとしたひょうじょうになりました。おやぶんらしき一人《ひとり》が、

「ハ、ハ、ハ、ハ、ヘロー。」

と、へんなあいさつをかえしました。ほかの二人《ふたり》も、あわててまねしました。

「ヒーロー？」

「ヒーロー？」

「ちがうよ、あいさつのことばはヘーローっていうんだ。ヘーロー！」

このようすを、そばで見ていたドリンは、おかしくなって、とつぜん、けたけたとわらいだしました。

「あいさつのことばは、ハローっていうの。ハロー！」

といって手をさしだすと、三人は、えがおをふりまきながら、

「ハロー、はじめまして！」

「ハロー、おじょうさま。お名前《なまえ》は？」

「ハロー、どこへ行かれますか？」

といって、ドリンの手を強くにぎりかえしてきました。

「わたしの名前《なまえ》は、ドリン。どこへ行くかとたずねられても、こたえられないわ。だって、この先に何があるのかわからない。わたしの行き先は、この道を、ただひたすらまっすぐに行くことなの。ところで、トンネルは、どこまでつづいているの？」

「もうすぐ、出口に出ます。」

おやぶんが、こたえた時でした。

　コケルの耳に、こんな声が聞こえました。

「へっへっへ、あにき、大せいこう！」

「なんだ。クマのかたちをしたブローチか。こいつは、ほんもののほう石《せき》じゃない。ただの石だよ。」

「こらっ、おまえたち、しずかにしろ！」

ほかの者には聞こえないほど、小さな声でした。コケルは、小さくうなずくと、

（やっぱり何かある。）

と思いました。

　サミーやエッちゃんたちも、ハローといって三人組にあいさつしました。

「ありがとう。出口が近いと聞いてほっとしたわ。」

ドリンはおれいをいいました。


　しばらく行くと、明かりが見えました。

「とうとう出口だ。」

ジンがつぶやきました。

　一行《いっこう》は、ぱたぱたと走りだしました。

「そんなにあわてると、ころぶよ。」

サミーがちゅういしたしゅん間《かん》、コケルが、ころびました。

「ほら、やっぱり。」

サミーは、ためいきをつきました。

外に出ると、まぶしくて、すぐには目があきません。お日さまは、いだいです。たった一人《ひとり》で、広いうちゅうを、こんなにも明るくてらしだすのですから……。

（それにしても、こんなに、まぶしかったかしら……。）

エッちゃんは、目をほそめてながめました。その時です。ドリンが、とつぜん、

「わたしのブローチがないわ。」

と、さけびました。

「むねについていた、クマのブローチ？」

「そう、あれは、おたん生日のおいわいに、大しんゆうのすみよちゃんがプレゼントしてくれたの。二人《ふたり》の思い出が、いっぱいつまってた。」

ドリンは、かなしそうにいいました。

「トンネルの中におとしたんじゃない？」

カケルがいうと、ドリンは、まっ先にかけだしました。すると、ほかのみんなも、いっせいにトンネルの中にきえました。

「ドリンちゃんのブローチ、出てこい。」

といいながら、いっしょうけんめいさがしました。

でも、どんなにさがしても、見つかりません。しかたなく、出口にもどってきました。

「しかし、おかしな話だな。トンネルに入る前、ブローチは、たしかについていた。ところが、出口ではなくなっている。たんじゅんに考えれば、トンネルのどこかにおちているはずだ。ところが、どこにもおちてない。とすると、ブローチが、かってにほかの空間へとび出してしまったのか？　いやいや、そんなふしぎなことが、おこるはずなどない。とすると、いったい……？」

ジンは、ひっしに考えました。

　その時、カケルがさけびました。

「たいへんだ！　このどうくつに、『どろぼうトンネル』って書いてある。」

「どろぼうトンネル？」

みんなは、また、いっせいにぱたぱたとかけだしました。

「そんなにあわてると、ころぶよ。」

サミーがちゅういしたしゅん間《かん》、やっぱりコケルが、ころびました。

「あいたたた！　ぼくは、いったい何をやっているんだ。」

コケルは、自分《じぶん》が、ほとほといやになりました。

　上を見あげると、どうくつのそばに、ふじ色のかんばんがあって、その中にくろぐろとした文字で、『どろぼうトンネル』と書いてあります。ふと足もとを見ると、草の上にスミレ色のふうとうがおちていました。

　あわててひろいあげると、あて名は、『どろぼうトンネルをとおったみなさま方へ』となっています。

「ぼくたちに手紙だ！　魔女《まじょ》さん、読んでくれないか。」

コケルは、いたいのをわすれて、エッちゃんにふうとうをわたしました。いったい、何が書かれているのでしょう？

　スミレ色のふうとうの中から、やっぱりおそろいのびんせんがとび出しました。みんなはどきどきしながら、びんせんのまわりに、顔をよせ合いました。

エッちゃんは手紙を広げると、しずかに読みはじめました。

☆トンネルをとおったみなさま方へ

このトンネルは、あいしょうで、『どろぼうトンネル』とよばれています。中を歩いていると、かならず、何かぬすまれます。

トンネルには、三人組のずっこけにんじゃがすんでいて、しじゅうぬすみをはたらいているのです。ずっこけといっても、手口はプロ。知らないうちに、ものがなくなっています。

みなさんも、出口にくるとちゅうで会ったはずです。今一《いまいち》ど、身のまわりをおたしかめください。

（スミレけいさつより）


「たいへんだ！　魔法《まほう》の矢がない。」

カケルがいいました。

「しまった！　おいらの水でっぽうがない。」

ハネルがいいました。

「どうしよう、てちょうがきえている！」

コケルがいいました。

「スカーフがなくなってる。」

エッちゃんがいいました。

「ぼくのあいようのめがねがない。」

サミーがいいました
「じまんのしっぽが……あった！」

ジンは、ほっとしました。

「ジン君は、とられるものが何もなくて、よかったね。」

カケルが、うらやましそうにいいました。

「やっぱり、あいつらか。どうも、ようすがへんだと思ったんだ。」

「コケル君、何か心あたりでも？」

サミーが、ふしぎそうにたずねました。

「ええ、あの時、ぼくの耳に大せいこうだとか、ただの石だとかって声が耳に入ったんです。」

「そうだったのか。知らなかったよ。」

「ぼくの耳は、どんな小さな音でも聞こえるのです。おかしいと気づいた時、つたえればよかった。こんなことになるなんて…。ああ、ごめんなさい。」

コケルはあやまりました。

「君のせいじゃないよ、コケル君。さあ帰ろう。とられてしまったものをさがしていても時間のむだというもの。ぼくたちには、大どろぼうたちをつかまえることなど、できないからね。」

サミーが力なくいいました。

「しかたない。なくなったものは、また買えばいい。」

ハネルがいうと、ドリンは、

「だけど、あのブローチは、わたしのたからものだったの。すみよちゃんの思い出がいっぱいつまってたわ。クマのブローチはたくさんあっても、同じものはどこにも売ってない。」

と、かなしそうにいいました。

「そうか、ドリンちゃんのブローチは、世界中にただ一《ひと》つ。思い出の品物《しなもの》は、どこをさがしても売ってない。どんなにお金があっても、買えないってことね。」

エッちゃんがつぶやきました。

　その時、ドリンの心に、とつぜん、こんな声が聞こえてきました。

（君は、今までに、どれだけぬすみをはたらいてきた？　ハンカチやスカーフ、時計にバッグ、ほかにも、本やまんねんひつなど、ありとあらゆるものをぬすんできた。一どでも、ぬすまれた人の気もちを考えたことがあるだろうか？　君は、ブローチをぬすまれてかなしんでいるけど、君のために何人もの人がかなしんできたんだ。）

ドリンは、はっとしました。

「わたしったら、ほしい物があると、何でもかんでもぬすんでた。いいなと思った時には、かってに手がうごいちゃってたの。だれにも見つからないから、『まあいいさ』なんて気もちになって、ずっとくせはなおらなかった。でも、今、はっきりとわかったわ。人のものをとることは、とってもわるいこと。さいていの人間のすることだわ。わたし、今から生まれかわる。ぬすみは、きっぱりとやめる。」

ドリンのワンピースになみだのつぶがながれおちると、まるで、ふじの花がさいたようになりました。

　しばらくして、サミーがいいました。

「さあ元気を出して。ドリンちゃん、君はブローチをなくしたけど、何倍《なんばい》もすてきなプレゼントを手にしたじゃないか。」

「そうね、かみさまのいうとおり。わたし、ここへきて大切《たいせつ》なことに気づいた。ブローチは、心のアルバムにしまっておくわ。えいえんにきえないようにね。」

ドリンは、なみだをふいていいました。

その時です。とつぜん目の前に、クマのブローチがあらわれました。

「あった！　これ、あたしのブローチよ。」

ドリンがさけびました。

「ぼくの魔法《まほう》の矢だ。」

「おいらの水でっぽうだ。」

「たしかに、ぼくのてちょうだ。」

「あたしのお気にいりのスカーフ。」

「こっ、これは、ぼくのめがね。」

六人は、なくなったものが、とつぜん草の上にあらわれて大よろこびです。

「ぼくのは何もない。」

ジンががっかりしていうと、エッちゃんは、

「あんた、何もぬすまれてないでしょ。」

と、あきれかえっていいました。

（ぼくも、出てきたよろこびを、味わいたかったなあ。）

ジンは、なぜかさびしくなりました。

16　ファリンのくせたいじ

カケルは、ドリンと手をつなぎ、時計のふたをあけると、

「カケル山のちょうじょうへ、レッツゴー！」

といってハートがたのボタンをおしました。

「一、二、三、四、五、六、七、どうしたんだろう？」

サミーが、首をひねりました。

十三びょうたった時、カケルのよこにはファリンが立っていました。

「カケル君、ずいぶんおくれたじゃないか。じこにでもあったのかと思って、心ぱいしたよ。」

サミーがいうと、ファリンはくり色のまき毛をふわふわさせながら、

「あのね、ほんとうは、ラリンのばんだったの。だのに、とつぜん、『おねえちゃん、先に行って。あたし、こわい!』なんていいだすんだもの。じゅんびに手間どってしまったの。ごめんなさい。」

と、あやまりました。

そのしゅん間《かん》、ぱっちりしたスカイブルーのひとみに、青いワンピースがひらひらなびきました。これで、ウインクでもされたら、男の子たちはいちころでしょう。

サミーはどきどきしながら、みんなの方をむくと、

「さあ、くせたいじのたびにしゅっぱつだ。みんなで力をあわせて、ファリンちゃんのくせをやっつけよう。」

と、顔をまっかにしていいました。

「ファリンちゃん、つめたいおまんじゅうはすきかい?」

ハネルは、アイスクリームをまるめて手わたしました。ファリンは、

「かわったおまんじゅうね。」

というと、とつぜんなげあげて、口にほおばりました。

口を二、三どもぐもぐさせると、ごっくんとのどをならしました。ファリンのほおは、バラ色です。

「おいしい!」

もぐもぐ、ごっくん。もぐもぐ、ごっくん……。つづけて七つも食べました。

「君って、顔ににあわず、いがいと食いしんぼうなんだな。だけど、大口あけて食べてる顔もすてきさ。」

ハネルが目をぱちくりさせていうと、ファリンは、

「レディにむかって、しつれいね。」

と、ふくれていいました。

「おこった顔も、チャーミングだなあ。」

「いいかげんにして！」

ファリンは、おこっていいました。

　さて、かんばんの前で、ファリンはうでぐみしました。

「わたしのくせって、何だろう？　うーん。」

「もしかして、大口あけて食べるってことじゃない？」

ハネルが、じょうだんはんぶんにいうと、サミーは、

「そんなに、からかうものじゃない。ところで、ファリンちゃんは、自分《じぶん》のくせがわかるかい？」

と、まじめな顔でたずねました。

「わかったらくろうしない。わたし、まってる間、ずっと考えていたわ。だけど、わからなかった。」

「そうか、では、しらべてみよう。」

サミーが手ちょうをひらくと、

「そうか、わかった！　君のくせは、『ファストフードずき』と書いてある。コースはファだな。」

といいました。

「みんなで、ファのコースにのぼろう。」

ジンの声が、くせたいじ山にひびいていきました。

「えっ、それがくせ？　何を食べようと、わたしのかってじゃない。だれかにめいわくをかけてるわけじゃなし、べつになおすほどのことじゃないと思うけど……。」

ファリンがつぶやきました。

一行《いっこう》は、赤い鳥をせんとうに、てくてくと歩き出しました。すぐに、白いヒマワリばたけが見えてきました。

足音が聞こえると、ヒマワリたちは、頭を下げ、黄色い顔を出しました。六ど目ともなれば、なれたものです。

「あった！　ファのコース入り口だ。」

一ばん大きなヒマワリのかげから、ジンがとび出してきました。

「しおのかおりがする。」

くきのところをのぞきこむと、とおくに、マリンブルーにかがやく海が見えました。

「きれいだわ。行ってみましょう。」

エッちゃんはこうふんしました。

一行は、くだりざかを、まるで、ころがるようにおりていきました。コケルは、もちろん、カケルのせなかです。

まっさおな海が近づいてくると、なみの音がだんだん大きくなりました。

ザブーン、ザブーン、ザブーン……。すぐに、なみうちぎわにつきました。

「うわぁー、いい気もち。」

エッちゃんは、むねいっぱいに空気をすいこむと、大きなせのびをしました。

「空も海も。どこまでもまっさお。まるで、青の世界ね。」

ファリンのひとみも、マリンブルーにかがやいています。

　カケルとハネルとコケルは、すなはまでランニングをはじめました。ひさしぶりに、走りたくなったのです。

　ジンは、すなはまにねころがって、海をながめました。

「サミー、この先は、どうしよう？」

ジンが、心ぱいそうにたずねました。

「水の中を歩くことはできない。ざんねんながら、ここで行き止まりだ。」

サミーが、くやしそうにいいました。

「だけど、ファリンちゃんのくせはどうするんだい？　ここで止まったら、えいきゅうになおせない。」

「しかたないさ。ぼくは、このはねでひとっとびだけど、君たちにはついてない。いくらおよぎがとくいでも、この広い海をおよぎきることなどできないだろう。」

「サミー、だけど、くせをなおさなかったら、七姉妹《ななしまい》たちは人間にもどれない。そればかりか、あなただって、一生《いっしょう》、かみさまにもどれないのよ。」

エッちゃんが、とつぜんやってきていいました。

「ああ、そうなんだ。あと二人《ふたり》というところまできて、ゆめはやぶれてしまった。」

「サミー、あなた、シリンちゃんにいったじゃない。『やればできる。自分《じぶん》にできないことなど、何ひとつない。』って……。あきらめちゃだめよ。何かいい方法があるはずだわ。」

「たしかに、ぼくはそういった。しかし、魔女《まじょ》さん、よく考えてごらん？　この広い海を七人全員がぶじにわたる方法などあるものだろうか。ボートもふねもないのだよ。時間のむだだ。もう帰ろう。」

サミーは、かなしそうにつぶやきました。

その時、カケルたちが、ちょうどランニングを終えてやってきました。

「くるしい時ほど、のぞみをなくしちゃいけないよ。かみさま、もう少しまとう。」

コケルがいうと、みんなもうなずきました。

「まとうって、君たちには、何かいい方法があるというのかい？」

サミーのくちょうは、だんだんあらくなっていきました。

ほんとうは、しんじたいのですが、どこまでもつづく海を見たら、目の前がまっくら。とつぜん、ゆとりがなくなってしまったのです。

いくらかみさまとはいえ、まだ、子どもでした。たまには、こんなことだってありましょう。

「それは……。」

ほかのみんなは、とつぜん、だまりこんでしまいました。

その時です。おきの方から、コバルトブルーの光がピカリピカリと近づいてきました。ジャブーン、ジャブーンという、大きななみ音をたて、こちらにむかってきます。その正体《しょうたい》は、いったい……？

「あれは、ホタルイルカだ。おしりが、ホタルのように光る。まぼろしのイルカだよ。まさか、この世にいるなんて……。」

コケルは、ぶるぶるふるえていいました。

「ホタルイルカ？　ホタルイカなら聞いたことあるんだけどなあ。」

ジンは、いつか読んだ図かんを思い出していいました。

「うふふっ、ホタルイルカとホタルイカってとってもよくにてる。まるで、兄弟《きょうだい》みたいね。どっちがお兄《にい》さんかしら？」

ファリンは、きゅうに、楽しい気分になってきました。

「ファリンちゃんは、おもしろいことをいうね。あはは……。」

ハネルは、ぽんぽんはずんでいいました。

「ホタルイルカは、だれも見たことがない。なぜかっていうと、人間たちのそうぞうのどうぶつなんだ。何でもゆめをかなえてくれるっていう、でんせつがある。」

「きっと、ぼくたちのすくいのかみだ。」

サミーがさけぶと、カケルは、

「かみさまは、君じゃないか。」

とわらっていいました。


　やがて、コバルトブルーの光が目の前で止まりました。

イルカは、ピカッとおしりを光らせると、

「みなさん、おむかえにやってきました。ぼくのせなかにのってください。」

といって、ひれをゆらしました。

「イルカさん、どこに行くの？」

ファリンは、目をぱちくりさせてたずねました。

「それは、ひみつ。とってもすてきなところです。とにかく、のってください。さあ、どうぞ!」

ファリンは、ホタルイルカのせなかにのった時、くつがつるんとすべって、あやうく海におちるところでした。

「くつはぬいで、はだしでのってください。ああ、それから、りょう手でしっかりつかまってくださいね。」

はだしになって、次々《つぎつぎ》とのりこみました。

「ゆめの国にまいります。」

というと、ホタルイルカは、おしりを光らせてピカリピカリとすすみました。

少しすると、海水にもぐりました。

「たいへん! いきができない。」

と心ぱいしてくださったみなさん、ありがとう。

でも、心《しん》ぱいはいりません。水の中でも、いきは自由《じゆう》にできたし、目もしっかりあけていられたのです。ホタルイルカの光に包まれているとだいじょうぶだったのです。

ホタルイルカは、すごいいきおいですすみました。地上できょうそうしたら、しんかんせんだってかなわないでしょう。

しばらくすると、ハイビスカスのおしろが見えてきました。屋根は、青いハイビスカスの花びらでいっぱいでした。

「さあ、つきました。みなさん、おなかがすいたでしょう。何か、おいしいものでも食べてください。」

そこは、海のレストランでした。八本足のたこさんたちが、コックさんになり、りょうりをつくっていました。

入り口は、スカイブルーのガラスのドアで、自動であきました。お店の中には、スカイブルーのまるいガラステーブルが十と、いすが百せきほどならんでいます。

七人は、いすにこしをおろすと、メニューを広げました。

「何にしようか？」

「ぼくは、エビフライがいい。」

「おいらは、シーフードサラダにやきざかなでも食べよう。」

「イカのすがたやきなんていいな。」

「あれっ、さかなりょうりがぜんぜんない！　あるのは山のものばかりだ。」

サミーが、メニューをめくって、おどろきました。

よく見ると、メニューのすみに、こんなことが書いてありました。

♣　海のレストランへようこそ
ここは、海のレストラン。よって、海でとれるさかな料理はいっさいありません。あしからず！
とも食《ぐ》いはいやなものです。わたしたちは、長い間かかって、水中で野菜《やさい》づくりをせいこうさせたのです。

ホタルイルカの発見により、このじっけんは実をむすびました。ホタルイルカの光に、たいようと同じ成分もふくまれていることがわかったのです。

地下室では、今、さかんに野菜《やさい》作りがおこなわれています。そして、うれしいことに、この野菜《やさい》には、新たなひみつがあることがわかったのです。

おかげで、このレストランは、大人気です。たくさんの野菜《やさい》をつかった料理をふんだんにとりそろえました。

とりたての野菜《やさい》の味をお楽しみください。

（レストランオーナー・タコボー）

「新しいひみつって何だろう?」

コケルが、首をひねりました。

「うーん。」

みんないっせいに、頭をかしげました。

「わたし、ハンバーガーとフライドチキンが食べたい。だって、野菜《やさい》は、全部きらいなの。ねぎやたまねぎはくさいし、にんじんやしいたけはへんな味がする。トマトはたねがあるし、ごぼうはかたい。ブロッコリーは森みたいで形がいや。それに、キャベツはしんがかたいし、ホウレンソウはにがみがあるでしょう。」

というと、ファリンは、テーブルをぽんとたたきました。

地球《ちきゅう》にいた時から、ファリンは、すききらいがはげしかったのです。食べるものといったら、ファストフードばかりでした。

お母《かあ》さんが心ぱいして、野菜《やさい》を食べさせようとしたこともありました。具を小さくしたり、ミキサーに入れて見えなくしたりしてみました。でも、ファリンは、

「ママ、野菜《やさい》のにおいがするわ。」

といって、口をつけませんでした。


サミーは、ファリンにいいました。

「ここには、ハンバーガーとフライドチキンなどないんだ。わがままいっちゃいけないよ。」

「だったら、食べない方がましだわ。」

ファリンは、一日中何も食べませんでした。二日《ふつか》たちました。おなかがすいて、めまいがしてきました。それでも、ファリンは、何も口にしませんでした。ゆめの中で、

「わたし、ハンバーガーとフライドチキンが食べたいの。」

とねごとをいいました。

三日たちました。もうがまんできません。

「ねぇ、みんな帰りましょう。」

ファリンは、へこんだおなかをさすっていいました。

「そうしたいけど、だめなんだ。ホタルイルカが、いなくなってしまった。」

サミーは、青い顔をしていいました。

「ええっ、そんなばかな！　わたしたち、ここから出られないじゃない。もしかして、地下室か

もしれないわ。」

ファリンはそうさけぶと、力をふりしぼって地下へ行ってみました。

地下室のドアをあけると、何があったでしょう？　そこには、七人の小人たちが、土をたがやしていました。

あせをかきながら、ひっしにたねをまいています。

「何のたねをまいているの？」

「いのちのたねですよ。」

「いのち？　にんじんのたねじゃないの？」

ファリンは、地面におちていたふくろをひろっていいました。

「いいえ、まちがいなく、これは、いのちのたねです。このたねは、およそ、三日ほどで、芽《め》をだし根をはります。そのうち、あちこちに葉がでて、大きくなります。何日かすると、たねは、根と葉から、えいようをすいあげ、りっぱなにんじんにそだちます。すがた形は、赤い顔をしたただのにんじんですが、これが、人間たちの体に入ると、いのちのかがやきになるのです。」

白いひげの小人は、手をとめていいました。

「いのちのかがやき？」

ファリンは、おなかがすいているのをわすれてたずねました。

「うーん、つまり、生きていく力です。しぜんのエネルギーをたくさんつめこんだ野菜《やさい》たちには、心をじょうぶにする薬《くすり》がたくさんふくまれているのです。だから、バランスよく、いろんな野《や》菜《さい》をとれば、まい日かがやいていられます。かっかすることもなく、おだやかな気もちですごせるというわけです。」

茶色いひげの小人がいいました。すると、黒いひげの小人が、

「野菜《やさい》は、どんなにがい薬《くすり》より、よくきくはずだよ。だって、おれたちのあせとなみだのけっしょうだもんな。魔法《まほう》ひとつでは、野菜《やさい》はそだたない。まい日、水やりをしたり、『大きくなれよ。』って声をかけるんだ。そうしないとうまくそだたない。これだけ、あいじょうをかけてるんだ。いのちだって、かがやくはずさ。」

と、じまんげにいいました。

「さかなたちも、このごろは野菜《やさい》を食べるようになってきた。以前《いぜん》より、目がいきいきしてきたよ。」

みどりのひげの小人がいいました。

「君は、野菜《やさい》がすきかい?」

ピンクのひげの小人がいいました。

「わたし、野菜《やさい》が大きらい。」

「そうか。それで、君のいのちがくすんでおるわけじゃな。」

オレンジのひげの小人がいいました。

「わたしのいのちが見えるの?」

「ああ、まる見えだよ。かわいそうだが、君のいのちは、けむりのようなはい色をしておる。」

オレンジのひげの小人がいいました。

「いのちがはい色だなんて……。どうすれば、光るの?」

「それは、とてもかんたんなことだよ。すききらいなく、野菜《やさい》を食べればいい。」

黄色いひげの小人が、にっこりしていいました。

　地下室のかいだんをかけあがると、ファリンはさけびました。

「野菜《やさい》のフルコースをちょうだい！」

エッちゃんはおどろいて、いすからころげおちました。

「ファリンちゃん、いったい何があったんだい？」

サミーはたずねました。でも、ファリンは、

「何もないわ。」

というばかりです。

　テーブルには、タコのコックさんが、大ざらに、なま野菜《やさい》のオードブルをもってきました。

「とくせいサラダいっちょう上がり！」

「いただきます！」

というと、ファリンは、すごいいきおいで、野菜《やさい》を食べはじめました。

　レタスにキュウリにトマトにニンジン、ブロッコリーにカイワレに赤ピーマンにホウレンソウ……。まだまだ食べました。

「ああ、おいしい！　野菜《やさい》が、こんなにおいしかったなんて……。」

七人分を、たった一人《ひとり》で食べきりました。

「ごちそうさま！」

ファリンが、ふぅーっといきをつきました。その時、目の前に、ホタルイルカがあらわれました。

「さあ、ぼくのせなかにのってください。ここのレストランはいかがでしたか？」

「もちろん、さいこうの味だったわ。」

ファリンがこたえました。

もう、みなさんは、おわかりでしょう。野菜《やさい》にかくされていた新《あら》たなひみつっていうのは、いのちのかがやきだったのです。

17　ラリンのくせたいじ

「一、二、三、四、五、六。」

ぴったり六びょうたった時、カケルのよこには、ラリンが立っていました。

「あたし、こわいの！」

と、なきそうな顔でいいました。

とつぜん、黒々《くろぐろ》とした毛虫のようなまゆがち

ぢみあがって、その間に、しわが三本よりました。その時、白いワンピースのポケットに、なみだがひとつこぼれおちました。

「こわいことなど、何もないわ。だって、あたしたちがついている。」

エッちゃんは、かたをだいていいました。

「そうだよ、みんな、ラリンちゃんのおうえんだん。ライオンがほえてきたり、すずめばちのたいぐんがおそってきたり、人食《ひとく》い人種《じんしゅ》がおいかけてきたら、ぼくたちは、一ばんに君をまもる。だから、心《しん》ぱいはいらないよ。はい、にっこりわらって！」

コケルが、おもしろい顔をしてみせると、ラリンは、きゅうに、けたけたとわらいだしました。

するとまゆは八の字にたれさがり、目じりにわらいじわができました。

　サミーは、やれやれとほっとすると、みんなの方をむいていいました。

「さあ、くせたいじのたびにしゅっぱつだ。みんなで力をあわせて、ラリンちゃんのくせをやっつけよう。」

「さて、ラリンちゃんにごほうびだ。」

ハネルは、三角ににぎったアイスクリームをさしだしました。

「おむすびみたい。」

というと、ラリンはぺろぺろなめました。とろんとしたおいしさがおなかに入ると、

（あたし、力がわいてきた。）

と思いました。

　さて、かんばんの前に立つと、ラリンは、首をひねりました。

「かみさま、あたしのくせって、なあに？」

「ラリンちゃんは、何だと思う？」

「あたし、知らないもん。」

「君は、七姉妹《なし まい》の一ばんさいご。ぼくたちはこの中の六つのコースをたびしてきた。あとのこるはひとつ。だが、はたして、それでいいものか。」

サミーは、かんばんをゆびさしながらいいました。

「のこっているコースはなあに？」

「それはな、えっと、ラのコースだ。」

「ラのコース？　なになに、ラは、『らんぼう者』。あたしがらんぼう者ってこと？　まさか……。」

ラリンは、おどろきました。

「ちがうのかい？　よし、しらべてみよう。」

サミーが手ちょうをひらくと、

「やはり、あっている。君のくせは、『らんぼう者』と書いてある。コースはラでいいんだ。」

と、いいました。

「みんなで、ラのコースにのぼろう。」

ジンの声が、くせたいじ山にひびいていきました。

一行《いっこう》は、赤い鳥をせんとうに、てくてくと歩き出しました。すぐに、黄色いヒマワリばたけが見えてきました。

どうして、白くないのかって？　ヒマワリたちは、エッちゃんたちがもうくるころだと予感《よかん》して、雪をおとしてまっていたのです。

「ヒマワリたち、やるじゃない。これは、ごほうびよ。」

といって、エッちゃんは空に大きなにじをかけました。

ヒマワリたちは、はじめて見るにじにうっとりしました。ここは、まい日のように雪がふるので、にじなどお目にかかったことがありません。

「空にかかった七色のアーチ。なんて、うつくしいのでしょう。」

ヒマワリたちは、口々《くちぐち》につぶやくと、目をほそめて空を見あげました。

「一どでいい。この広い空をとんで、あのアーチを歩いてみたい。」

ひまわりたちのだれもが、そう思いました。エッちゃんは、

「大サービスよ！　チチンプイプイ。」

とさけぶと、ヒマワリたちにはねと足をつけて、天使にかえました。

ヒマワリ天使たちは、パタパタと気もちよさそうに空をとんでいきました。そして、にじの上をゆっくりと歩きはじめました。

するとどうでしょう。ヒマワリ天使たちの顔は、七色にそまりはじめました。

七色の天使たちは、ゆめをみました。目をとじると、この上なくしあわせな気もちになりました。

アーチをわたり終えると、天使たちはパタパタと空をとび、ヒマワリばたけにもどってきました。

せなかに、もうはねはありません。下を見ると、二本の足はきえ、みどりのくきが地面にうまっていました。

ヒマワリ天使たちは、ただのヒマワリにもどっていました。

「魔女《まじょ》さん、わたしたちのゆめをかなえてくれてありがとう。一生《いっしょう》の、思い出になったわ。ところで、おさがしのコースは、ここではないですか？」

せいの高いヒマワリむすめが、自分の顔をゆびさしていいました。

「ほんとうだ！　ラのコース入り口って書いてある。」

くきのところをのぞきこむと、一両《いちりょう》のぎん色の電車がありました。行き先は、『にんぎょうえき』とあります。

「お客さん、のるのか、のらないのかはっきりしてください。あっ、時間だ。」

運転手さんは、まどからあさ黒い顔をだしてさけぶとエンジンをかけました。

「あっ、まって！　のります。」

ハネルはさけびながら、電車にとびのりました。

サミーたちもあわてて、トントントンとかけあがりました。中には、ベッドやいすがあり、どれにもみな白いカバーがかかっています。

すみには、ちょうしんきやちゅうしゃきがありました。

「まるで、びょういんみたいね。」

エッちゃんがおどろいていうと、ラリンが、

「あたし、ちゅうしゃはきらい。」

と、なきだしそうな声でいいました。

「それにしても、へんな電車だ。ぼくたちは道をまちがえたんだろうか？」

コケルが心《しん》ぱいそうにいうと、サミーも、

「そうかもしれないな。この電車は、ふきつなにおいがする。たしか、入り口のかんばんには、

道をまちがえた時には、コースの音を発声《はっせい》すれば、正しい道にもどると書いてあった。」

と、思い出していいました。

「それじゃ、みんなで、『ら』とさけんでみよう。せーの！」

ジンが、音頭をとりました。、

「ら！」

さて、どうなったでしょう。一行《いっこう》は、電車からおり、正しい道にもどることができたでしょうか？

ざんねんながら、そうはいきませんでした。一行《いっこう》は、電車にのったままだったのです。だれかが、

「声が小さいからだ。もう一ど！」

とさけびました。すると、みんなが、

「そうかもしれないな。」

とうなずいて、また大声でさけびました。

「ら！」

何どくりかえしたことでしょう？ でも、何どくりかえしてもだめでした。

「この道が正しいということだ。」

サミーが、つかれはてていいました。

七人は、あきらめてベッドやいすにこしかけました。

「ぼくたち、どこに行くんだろう？」

ハネルがつぶやきました。

とつぜん、電車はきゅうしゃめんを、しゅっしゅっぽっぽっとのぼっていきました。しばらくすると、まどの外には、にぎやかな町が見えてきました。

「お店やさんがいっぱい。」

いつの間《ま》にやら、ラリンの声は、はずんでいました。

「ほんとうだわ。あちらこちらに、にんぎょうやさんがならんでる。」

エッちゃんがそういった時、運転手さんの声が聞こえてきました。

「しゅうてんです。にんぎょうえきにつきました。」

電車は、『にんぎょうえき』と書いたかんばんの前にぴたっと止まりました。

「せっかくきたんだ。すきなところを、自由《じゆう》に見てくるといい。何時間でも、心ゆくまで楽しんできてくださいよ。なんせ、この町にお客さんをはこぶのは、何十年ぶり。この町も、はしゃいでいるにちがいない。お帰りのさいは、また、ここへきてください。『ヒマワリえき』まで、お送りしますよ。あっ、心《しん》ぱいはいりません。わしは、いつでもここにいます。しごとがけっこういそがしいもので、ここをはなれられんのですよ。」

「しごと？　お客さんがこないのに……。」

「ええ、もうひとつ、べつのしごとをやっているんですよ。まあ、運転なので、同じといえば、そういえなくもないですけどね。」

運転手さんが、しらが頭をかきながらいいました。

「どんなしごと？」

エッちゃんがたずねると、運転手さんは、

「あはは、この町をたんけんすると、すぐにわかります。さあ、おでかけください。」

といって、手をふりました。

えきをでると、道のりょうがわに、たくさんのにんぎょうやさんがならんでいました。おめめぱっちり、フリルふるふるのフランスにんぎょうやさん、サリーをまいたインドにんぎょうやさん、頭にはねぼうしをかぶり矢をもったインディアンにんぎょうやさん、わたぼうしをかぶって白むくをきた日本にんぎょうやさん、ほかにも、いろいろありました。

ラリンは、ガラス戸の外からながめるだけで、どきどきしました。

「どこに入ろうかな？」

あんまりたくさんありすぎて、まよってしまうのでした。

「ラリンちゃん、どこかをのぞいてみよう。ここは、どうかな？」

ジンがゆびさしたお店は、『ねこのにんぎょうや』でした。ウィンドウには、おすましした色気《いろけ》たっぷりのめすねこが手まねきして、すわっていたのです。

「いいわよ。」

ラリンがこたえました。

「ジンたら、こまったわねぇ。ほんものじゃないのよ。」

エッちゃんが、あきれかえっていいました。

「魔女《まじょ》さん、まあ、いいじゃないか。入ってみよう。」

サミーがそういった時、ジンはドアをあけていました。

「いらっしゃいませ。」

そこには、ウィンドウにいたにんぎょうとそっくりのめすねこがいました。

「こんにちは。」

ジンは、まっかになっていいました。

お店のたなには、エメラルド色したひとみの白ねこや、アメジスト色したひとみの黒ねこ、サファイヤ色したひとみのみけねこや、ルビー色したひとみのどらねこなど、ありとあらゆるしゅるいのねこたちが、ずらっとならんでいました。ジンは、その一つひとつをながめるふりをして、めすねこにちらっちらっと目をやりました。

その時です。二かいから、子どもの声が聞こえてきました。

「上にも、にんぎょうはあるのですか?」

ジンがどきどきしてたずねました。

「この上は、にんぎょうたちといっしょに、あそぶようになってます。よろしかったらどうぞ。」

めすねこがいいました。ジンは、

「君とあそびたいな。」

といおうとしてやめました。そばで、エッちゃんが、にらんでいたのです。

「あたし、にんぎょうとあそびたいな。」

ラリンが、目をかがやかせていいました。

「よし、みんなで行ってみよう。」

サミーは、かいだんをのぼっていきました。とちゅうで、どたんどたんと、すごい音がひびいてきました。

「ねこたちが、運動会でもやっているのかしら……。」

ラリンのむねは、高なりました。

　さて、二かいで見たものは何だったでしょう。じゅうたんの上で、二人《ふたり》の男の子が、まくらほどもある、どらねこのぬいぐるみをとりあっていました。

「ぼくが、先に見つけたんだ。」

「手にとったのは、おいらだ。とった方のかちさ。」

「だけど、少しくらいかしてくれたっていいだろう?」

一人《ひとり》の男の子の手にはねこの耳、もう一人《ひとり》の手にはねこのしっぽが、しっかりとにぎられていました。

　ひきあっているうち、びりびりっという音がして、ねこの耳としっぽがとれました。

「あっ!」

「ああっ!」

男の子は、同時に声をあげました。

　その時、どらねこの目から金色のなみだがおちました。きっと、頭のいいみなさんは、

「にんぎょうがなみだをながすなんて、そんなはずないでしょう。」

と、いうでしょう。

　でも、ラリンには、しっかりと見えたのです。たったひとつぶ、じゅうたんにポトンとおちて、すぐにしみこんでいきました。

「ぼくは、かた耳、しっぽなしのねこになってしまった。かなしいよ。このままでは、すぐすてられてしまう。だれか、ぼくをたすけてくれ!」

ラリンの耳には、どらねこの声が聞こえました。

一人《ひとり》の男の子が、

「かた耳のないねこなどいらない。君にあげるよ。」

といってさしだすと、もう一人《ひとり》の男の子は、

「しっぽのないねこは、ねこじゃない。君にプレゼントするよ。」

といって、ぬいぐるみをふみつけました。

ラリンは、どらねこをひろいあげました。ひきちぎられた耳としっぽを手にとると、

「あなた、かわいそうね。」

といって、ぎゅっとだきしめました。

「いたいでしょう。少しお休み。」

じゅうたんに、どらねこをねかせると、自分《じぶん》もよこになって、ママがよく歌ってくれたこもりうたを歌いました。そのうちに、すーすーとねむってしまいました。

その時、ラリンは、ゆめを見ました。それは、自分《じぶん》がこわしたにんぎょうたちが出てくるゆめです。

青い目のルルちゃんは、

「わたしのうでをかえして！」

とさけびました。パパから買ってもらったその日、ひとみの色が気にいらなくて、うでをとって川にすてたのです
金色のかみのサリーちゃんは、

「あしがなくて歩けない。わたしの足をかえして！」

とさけびました。買ってもらってすぐに、なげてあそんでいるうちに足がとれてしまったのです。

「かえしてくれないのなら、あなたのうでとあしをもらうわ。」

二《ふた》つのにんぎょうは、こわい顔をしてラリンにいいました。

「ごめんなさい。ルルちゃん、サリーちゃんゆるして！　あたしも、あの男の子たちと同じだった。新しいにんぎょうを買ってもらっても、らんぼうにあつかって、すぐにこわしてしまった。そのくせ、また新しいのがほしいとねだった。でも、やっぱり、同じ。すぐに、また、こわして平気な顔をしてた。あたし、にんぎょうのかなしみが、わからなかったの。ほんとうに、ごめんなさい。家に帰ったら、すぐになおすわ。だから、ゆるして！」

ラリンが、さけびました。

　その時、ゆめからさめました。


「さあ、帰ろうか。」

にんぎょうえきにつくと、あさ黒い顔の運転手さんが、

「まってたよ。さあのって！」

と、にこにこしていいました。

　サミーたちがのりこむと、ベッドの上にはうでや足のないにんぎょうたちが、たくさんのっていました。

「あっ、どらねこ！」

ラリンがさけびました。

「いったい、どういうことですか？」

エッちゃんが、ふしぎな顔でたずねました。

「わしは、こわれたにんぎょうたちを、びょういんまではこぶしごとをしています。びょういんは、ほらっ、みなさんの行く先、『ヒマワリえき』の近くにあるのです。だから、ちょうどいい。あんまりひどい時はわしが、おうきゅうしょちをすることもあるんだよ。だから、車には、いたみどめのちゅうしゃやくすり、ちょうしんきやたいおんけいなどものせている。」

「おじさん、かっこいい！　にんぎょうのおいしゃさんじゃないか。」

ハネルは、ぽんぽんはずんでいいました。

「それほどでもないよ、でもな、にんぎょうたちが、びょういんから元気になって帰ってくると、とってもうれしいんだ。にんぎょうたちのえがおが、まぶしくてな。このしごとがやめられんのだよ。」

運転手さんは、ほおをバラ色にかがやかせていいました。

電車は、きゅうしゃめんをしゅっしゅっぽっぽっとくだっていきました。

「ヒマワリえきに、とうちゃくしました。また、いつか、あそびにきてください。わしは、これから、にんぎょうびょういんへ行ってきます。」

運転手さんは立ち上がると、まつばづえをつきました。おじさんの足は、かたほうしかありませんでした。

（あたし、おじさんのような、やさしい人になりたい。大人《おとな》になったら、けがをした人や、びょう気の人をたすけるおしごとがしたいな。）

ラリンは、そう思いました。


さて、ラリンが川にすてたにんぎょうは、はたして見つかるでしょうか？

18　とうとうたびの終わり

一行《いっこう》が、くせたいじ山のふもとにつくと、ミンミンゼミの合しょうが聞こえました。

たびの終わりを、ほめたたえているのでしょうか？　それとも、おわかれを知ってかなしんでいるのでしょうか？

「とうとう、たびはおわった。七姉妹《ななしまい》たちのくせがなおったかどうかなんて、よくわからない。しかし、それぞれが、

何かをかんじたことだけはたしかだ。」

サミーは、エッちゃんのかたにちょこんとのると、つぶやくようにいいました。

「ええ、一人《ひとり》ひとり、大切《たいせつ》な何かをかんじてもどってきたわ。行きと帰りでは、ひとみのかがやきがちがってた。もどってきた時の目は、七人とも、素直《すなお》なやさしさにあふれていたわ。くせがなおったかどうかなんて結果《けっか》ろん。大事《だいじ》なことは、何をかんじたかってことよ。サミー、このたびは大せいこうよ。まちがいないわ。」

エッちゃんは、まんぞくそうにいいました。

「魔女《まじょ》さん、それじゃ、七姉妹《ななしまい》たちは、人間にもどれるんだな。」

サミーは、エッちゃんの顔色をうかがうようにたずねました。

「ええ、たぶん。」

「たぶんじゃ、こまる。」

サミーは、不安そうなひょうじょうをしてうつむきました。

「ごめんなさい。きっと、かくじつに人間にもどる。大じょうぶよ、サミー。」

「よかった。ぼくのかけた魔法《まほう》が、十年たってようやくとかれようとしている。なんだか、ぞくぞくしてきたよ。」

サミーは、心のそこからわきあがってくるよろこびにふるえました。

「サミー、そうなれば、あなたも、かみさまにもどれるのよ。」

「ああ、まるでゆめみたいだ。」

サミーは、自分の体がまるで風船《ふうせん》のようにふわふわういて、どこかへとんでいくように思えました。

そこへ、カケルたちがやってきました。

「かみさま、終わったたね。」

「君たちには、たいへんお世話になった。心から、お礼《れい》をいわせてもらうよ。ありがとう。すまないが、手のひらをだしておくれ。」

サミーは、三人の顔をじゅんに見つめていいました。三人は、ふしぎな顔をして、手のひらを出しました。

サミーは、まず、カケルの手のひらにのって、

「カケル君、君はその時計で、きょりと時間のかべをやぶってくれた。ありがとう。君がいなかったら、このたびは、はじまらなかった。」

というと、ていねいにおじぎをしました。

「どういたしまして……。」

カケルはにっこりすると、頭をさげました。次に、ハネルの手のひらにのって、

「ハネル君、君はそのたくましい足で、じこをふせいでくれた。ありがとう。君がいなかったら、アイスクリーム門もたおれていたことだろう。」

というと、ていねいにおじぎをしました。

「えへへっ、てれるなあ。」

ハネルは、頭をかきかきいいました。

さいごに、コケルの手のひらにのって、

「コケル君、君はめいせきな頭脳《ずのう》で、じけんを、次々《つぎつぎ》とかいけつしてくれた。ありがとう。君が

いなかったら、ぼくたちは、この山があることさえ知らなかった。」

というと、ていねいにおじぎをしました。

「お役にたてて、こうえいです。」

コケルは、サミーのひとみをじっと見つめると、頭をさげました。

　カケルとハネルとコケルは、サミーにほめられると、まるで、天にものぼったような気もちになりました。

「それぞれに、とくぎがあっていいわねぇ。三人、力をあわせると、こわいものなし。何でもできる。その点、あたしなんか、とくぎなんて、何ひとつなし。こまったものだわ。」

エッちゃんは、三人をうらやましそうに見つめました。

「そんなことない。魔女《まじょ》さんは、ぼくたちのあこがれだもの。」

カケルがいいました。

「あこがれ?」

「そうだよ。だから、わざわざ会いに行ったんじゃないか。」

「うれしいこといってくれるじゃない。」

エッちゃんは、顔をくしゃくしゃにしていいました。

　その時です。サミーは、はねを二、三どうごかしてエッちゃんのかたにとまると、

「やっぱり、魔女《まじょ》さんがいなかったら、このたびは、しっぱいに終わっていたよ。」

と、まじめな顔をしていいました。

「なぜ?　あたしは、何もしていない。」

エッちゃんは、ふしぎな顔をしてつぶやきました。

「うーん。ことばでは、うまくひょうげんできないんだけど、いてくれるだけで安心《あんしん》できたんだ。」

「まるで、お守りみたいね。」

エッちゃんが、おもしろがっていいました。

「そう、それだよ!」

「あっははははは……。」

くせたいじ山に、わらい声がひびきました。

さて、ラリンは、いったい何をしていたでしょう? ヒマワリばたけのまん中で、ぼんやりと、もの思いにふけっていたのです
「あたし、これからは、にんぎょうを大切《たいせつ》にするわ。もちろん、にんぎょうだけじゃない。ほかのおもちゃやランドセルもね。地球《ちきゅう》に帰ったら、一ばんに、ルルとサリーを見つけましょう。」

ヒマワリたちは、やさしく、うなずくように首を前後《ぜんご》にふりました。

「そろそろカケ山にもどろう。」

サミーがいった時、エッちゃんがさけびました。

「ジンがいないわ。」

「どこへ行ったんだろう? みんなで、手わけしてさがそう。」

あたりをさがしはじめた時、とつぜん、ジンがあらわれました。せなかに何かしょっています。

「あんた、人さわがせねぇ。どこへ行ってたの?」

エッちゃんがたずねました。

「それは、ないしょ。ピュー!」

といいながら、くちぶえをふきました。ジンは、うれしい時に、よくくちぶえをふくのです。

「せなかのものは、なあに?」

「えへへっ、じつは、ラリンちゃんへプレゼントなんだ」

というと、せなかのつつみをおろし、ラリンへわたしました。

みなさん、つつみの中に入っていたものは何だと思いますか?

「まあっ、ルルとサリー!。」

ラリンは、大声でさけびました。

なんと、つつみの中から出てきたものは、ラリンがこわしたにんぎょうだったのです。おどろいたことに、きちんとしゅうりしてありました。

ルルにはうでがあったし、サリーには足がついていました。二人《ふたり》は、にっこりすると、口をうごかしました。ラリンには、

「今《こん》どは、大切《たいせつ》にしてね。」

といっているように聞こえました。

「ええ、もちろんよ。」

ラリンは、はっきりとこたえました。

ジンは、運転手さんのあとをついて、にんぎょうびょういんへ行っていたのです。そこには、たくさんのにんぎょうたちにまじってルルとサリーがベッドによこたわっていました。

きっと、みなさんは、ふしぎに思われるでしょう。

「どうして、ラリンのにんぎょうが、わかったかって?」

じつは、にんぎょうたちには、もちぬしの名前《なまえ》がついていたのです。それで、ラリンのものとわかったのです。

ジンがおどろいて、

「ぼくは、このにんぎょうのもちぬしを知っています。」

というと、運転手さんが、たずねました。

「その人は、このにんぎょうを大切《たいせつ》にしますか?」

「もちろん。」

ジンがじしんまんまんにいうと、運転手さんは、にっこりしてにんぎょうをつつんでくれたというわけです。

「みんな、手をつないでまるくなるんだ。」

カケルがさけびました。

七人がひとつの円になると、カケルは、とけいのふたをあけ、ハートがたのボタンをおしました。

わずか、三びょうでした。

「さあついた。」

19　みんなゆめ？

そこは、カケ山のちょうじょうでした。ドリンと、レリンと、ミリンと、ファリンと、ソリンと、シリンが、ラリンの帰りを、今か今かとまっていました。
ラリンのすがたを見つけると、ドリンねえさんは手まねきして、
「ラリン、こちらにおいで！　あなたもいい顔になっ

たわねぇ。目を見ればわかる。サミー、わたしたち、自分のくせがいったい何なのか、どんなに人をきずつけたり、いやな気もちにさせたりするのかがわかった。きゅうにはむりかもしれないけれど、これから少しずつなおしていこうと思うの。」

と、ひとみをかがやかせていいました。

「そうか、それは、よかった。」

サミーは、目をほそめました。

「どろぼうぐせにさようなら。」

ドリンがいいました。

「れいぎ知らずはかなしいわ。」

レリンがいいました。

「みえっぱりは、もうこりごり。」

ミリンがいいました。

「ファストフードよ、グッバーイ。」

ファリンがいいました。

「そうじをしてぴかぴかにするわ。」

ソリンがいいました。

「らんぼうをやめる。」

ラリンがいいました。

「しんぼう強くなるわ。」

シリンがいいました。

その時、七姉妹《ななしまい》たちは人間になりました。

「さようなら。」

というと、とつぜんぱっときえました。

きっと、地球《ちきゅう》にもどったにちがいありません。パパとママに会って、大よろこびしていることでしょう。

ほとんど、同時に、サミーはかみさまになりました。

「魔女《まじょ》さん、ジン君、カケル君、ハネル君、コケル君、ありがとう。あっ、それから、リンゴの木のおばあちゃん、長い間、お世話になりました。」

というと、とつぜんぱっときえました。

かみさまのパパのいかりがとけたのです。かみさまのママも、にこにこしていることでしょう。


「ふぁー。」

エッちゃんは、大きなあくびをすると、目をさましました。

「あれっ、ここは、かけ山星じゃない。もしかしたら、あたしの部屋《へや》？　そんなばかな。たしかに、さっきまで、カケ山にいたわ。いったい、どうなってるの。カケルー、どこにいるの？　かくれているんだったら、すぐに出てきて！」

しかし、もの音ひとつしません。

「さわがしいな。いったい、何があったんだい？」

ジンが、となりの部屋《へや》から出てくると、エッちゃんをじろじろ見ました。

「あんた、ずっととなりにいたの？」

「ああ、そうだよ。ずっと、自分《じぶん》のベッドにいたさ。あんたは、グーグーいびきをかいてねむってる。あんまり、うるさいから、となりの部屋《へや》でくつろいでいたんだ。」

ジンは、少しおこっていいました。

「そう。」

エッちゃんは、つぶやきました。その時、おなかがグーッとなりました。

時計を見ると、八時です。

「あたしったら、ずってねむってたんだ。」

エッちゃんは、学校から帰るなり、つかれてうとうとねむってしまったのです。

ということは、みんな、ゆめだったのでしょうか？　エッちゃんは、さんすうの教科書をあけてつぶやきました。

「カケル、あなた、あたしのこと、あこがれてるっていったじゃない。あれは、うそだったの？」

エッちゃんは、たからばこの前でじゅもんをとなえました。魔女家《まじょけ》に代々《だいだい》つたわるかほうのたからです。

このはこがあけば、ほんものの人間になれるのでした。

「パパラカホッホ、パパラカホッホ、七姉妹《ななしまい》たちは、自分《じぶん》のくせに気づいてあらためようとどりょくしている。そういえば、あたしのくせは何かしら……うーん、パパラカホッホ、えーっと、あわてんぼうで、よくほうちょうで手をきったり、三歩あるくとついさっき聞いたことをわすれたり、むちゅうになると時間をわすれてしまい、やくそくの時間におくれたり、それから、ほうきの運転中、空想がとまらずに大きなくすの木にげきとつしたり、まだまだあるわ。数えあげたらきりがない。あたしったらくせだらけ。何だかかなしくなってきた。パパラカホッホ、パパラカホッホ、今まで、自分《じぶん》のくせなんて、しんけんに考えたことなかったわ。ホッホ、ホッホ。あたし、子どもの心がわかる、ほんものの先生になりたい。だから、くせをなおすどりょくをするわ。もっともっとしゅぎょうをつまなくちゃ。かなしんでなんかいられない。パパラカホッホ、パパラカホッホ、ホホリンペッペ。」

今日《きょう》も、やっぱりあきません。たからばこのふたは、ぴったりしまったままです。

ちょうどその時、こきょうのトンカラ山で魔女《まじょ》ママがさけびました。

「パパ、エッちゃんが、とうとうプロ級テストのひとつ目にごうかくしたわ。」

「そうか、そうか、それはよかった。」

パパは、目をほそめていいました。

さて、プロ級テストのないようとは、こうでした。

> 自分《じぶん》のくせに気づき、そのくせをなおすどりょくをすることができる。

これは、一人前《いちにんまえ》の魔女《まじょ》になるためのテストでした。

しけんは、上にいけばいくほど、むずかしくなります。これから、エッちゃんの前にはそうぞうもつかないむりなんだいが、まちうけているにちがいありません。

♠ エピローグ

星空のきれいなばん、三びきのかいじゅうが、こうえんにあつまってきました。

「ぼくは、このごろちょうしがいい。」

みどり色のかいじゅうが、にこにこしながらいいました。

「君は、もしや、青色のかいじゅう？」

黄色いかいじゅうが、目をぱちくりさせてたずねました。

「ああ、ぼくは、以前まで、イヌのぬいぐるみにすんでいた青いかいじゅうさ。先月、あなたと

会ったあのばん、思いきって、すぐにひっこしをしたんだ。今ど《こん》の家は、小学生の女の子。すみごこちはばつぐんさ。食べ物を食べるようになったら、ぼくのからだはみどりになった。」

「それは、よかった。あと少しで、黄色になれる。」

黄色のかいじゅうも、にっこりしていいました。

「あたしも、ちょうしがいいの。」

オレンジ色のかいじゅうが、にこにこしながらいいました。

「君は、もしや、赤色のかいじゅう?」

黄色いかいじゅうが、目をぱちくりさせてたずねました。

「そうよ、あたしは、今まで、食べ物が多すぎてこまっていたけど、あの日以来、へってきたの。」

「あの日?」

「ほら、あなたが、かみさまに電話してくれた日よ。あたしのからだは、オレンジになった。」

「それは、よかった。あと少しで、黄色になれる。」

黄色いかいじゅうも、にっこりしていいました。

さんびきのかいじゅうは、そのばん、うれしくて明け方まで語りあっていました。この話を、空で聞いていたお星さまも、うれしくなって、いつまでもかがやいていました。

あとがき

待望の夏休みがきた。朝から晩まで好きな童話が書けるのは、至福の喜びである。普段の執筆は、出勤までの約一時間と帰宅してからの二時間、あわせてもたった三時間だけである。

盛り上がってさあこれからという時に出掛ける時間になり、帰宅すると、今朝の乗りはすっかり消えてしまっているということが少なくない。毎日、生活していると、悲しい事件があったり疲労したりして、書く気持ちになれない時もある。

だから、私はできるだけ疲労感をため込まないようにしている。学校では、子どもたちと泣き笑いをともにし、元気いっぱい遊ぶ。子どもたちの清らかではつらつとしたいのちと触れ合っていると、自分のいのちまでがみずみずしくエネルギッシュになっていくような錯覚を起こす。だから、ドッジボールやフットベース、おにごっこや水遊び等、子どもたちがやる遊びは何だってやる。クラスの子どもたちは、こんな私を、「先生って、子どもみたい。」と、あきれた顔をして言う。

最近になって気づいたのだが、普段、私は自分が教師だということを、すっかり忘れてしまっているようなのだ。ある瞬間、ああ、私は教師なんだと自覚することがある。「これではいかん。」と言い聞かせるのだが、長い間に築かれてきた思考は、意識したところで急には変えられない。困ったものである。

話はそれてしまったが、一年の中で、夏休みは時間を気にせずに童話が書ける、絶好のチャンスなのだ。心の中には、深紅のバラがあたり一面に咲き乱れ、甘酸っぱいかおりをぷんぷんさせている。この花園を、もし蜜蜂が見つけたら、ほうっておかないであろう。

私は、あまり旅行しないが、この時とばかりにゴージャスな旅をする。ゴージャスといっても、お金は一銭もかからない。空想の旅である。時には、地球を飛び出して広大な宇宙を冒険したり、時には、時間を超え過去や未来の国を探険したりする。行き先は自由自在。突然、コースの変更もできる。その上、宿泊も気のむくまま。お好みの部屋に、いたいだけ何泊でもすることができる。うれしいことに、時間もさほどかからない。十日間滞在しても、たった三分で済んでしまうことがある。だから、いろんなところに行けるのだ。たった数時間の冒険に、何カ月も費やすことも稀にはあるが……。もっか私にとって、これが最高のバカンスなのだ。

猛暑の中、土器さがしに明け暮れている主人は、ここにきて七キロほど体重が落ちてしまった。口では元気だといってはいるが、ややばて気味のようである。そんな主人に、「行ってらっしゃい。あんまり無理しないでね。」と送りだす声は、明るくはずんでいる。

この瞬間、カメラで二人の表情を撮ったら、明と暗がくっきりと映し出されることだろう。心配やいたわりの気持ちが全くないわけではないが、やっぱり喜びは隠せない。どうやら役者には向いてないようである。

「レッツゴー！」

私は、誰もいなくなった部屋で心の旅にでかける。好みの音楽をかけながら、ワープロに向かう。冷房をかけ、自分のために特製アイスコーヒーを作り、うきうき気分でキーを叩く。すると、心の底から、トローリと蜂蜜のように濃厚な充足感がわきあがってくる。蛇足だが、夏休み中の電気料金は普段の二倍強に跳ね上がる。なんと、桁数が一つふえているのだ。空想の旅はお金が一銭もかからないなどと書いたが、とんでもない間違いであった。

やがて、童話に飽きてくると、今度は白い画用紙に向かう。まず、グレーのパステルで形を描き、次に発色を確かめながら色を置いていく。この工程は、心がときめく、実に楽しい作業だ。元来、絵は好きである。これが、本の表紙絵や、扉絵、挿し絵になる。しかし、人物を描くたびに自己嫌悪に陥ってしまう。デッサン力がないのだ。

本を出版して間もない頃、（もう自分では限界。次からはプロの人にお願いしよう。）と決心した。悩んだ末に、出した結論だった。そんな折、ある方が、

「あなたは文章も絵もかけていいね。うらやましいわ。」

と真面目な顔をしておっしゃられた。単純な私は、その言葉に跳ね上がり、

（仕上がりは不器用で時間もかかる。だけど、全部自分でやれば、手をかけた分だけ愛情はわき上がり、本を手にした時の喜びも一層増すだろう。それに何といっても、自作の童話にイラストをつけるのは、作者のほうがより的確である。人に任せないで、地道に描こう。）

と思った。それ以来、下手なりに書き続けてきた。

書き続けているうちに、あることを発見した。それは、文章に疲れた時、絵を描くと疲れがとれるということ

だった。それとは反対に、絵に疲れた時、文章を書くと疲れがとれた。両者は、同じ脳でも、使う場所が違うらしい。この発見をした時から、私はこの作用を利用して活動を始めることになった。二つをうまく組み合わせることにより、無駄な時間が減った。ぼーっとすることがなくなったのだ。以前より、時間の使い方がうまくなったなあと思う。あのひとことがなかったら、きっと絵はあきらめていただろう。絵を続けていられたのはあの方のおかげ。感謝しなければならないなあと思う。

さて、絵の方はさっぱり上達しないが、この頃、ちょっぴり、自分らしさがでてきたかなと思う。絵の天才でもあるまいし、始めから上手に描こうってのがまちがいの元。近ごろは、作品に自分らしさが出たら、最高じゃないかと思うようになった。これは、一見なるほどとうなずく人もおられるだろうが、ありのままの自分を認めようという、ずるい考えである。この方が、ずっと生きやすくなるのだ。一種の逃げかもしれない。おばさんになると、悲しいかな、年々神経もず太くなるのだろう。

こんなわがままおばさんの本を手にしてくださったみなさん、ほんとうにありがとう。最後に手紙をおくります。

♠この本を手にしてくださったみなさんへ……。

「こんにちは。はじめまして！」

まだ、一度もお会いしてないあなた。あなたが、どんな人なのかわくわくします。小学生なのか中学生なのか？ 二十歳を過ぎた若者なのか、はたまた、三人のお子さんを持つ母親なのか？ 男性なのか女性なのか？ 想像するだけで、ぞくぞくしてきます。

できることなら、あなたとお友だちになりたい。そして、一対一でお話がしたいと思うのです。でも、それは叶わない夢というもの。だけど、どんな形であれ、あなたに出会ったということが何よりもうれしいのです。

出会いはときめきます。これからの人生で、いったい何人の人と触れ合えるでしょう。私は、あなたを全く知りません。でも、あなたはこの本を手にし、私のことをちょっぴり知ってくださったはずです。私は、まだ一度も会ったことのないあなたを、お友だちだと思っています。

だからお願いです。私を、あなたのお友だちの一人にさせてください。心のほんの片隅に、おちこぼれ魔女のことを消えない程度にとどめておいて、いつかまた思いだしてほしいのです。

橋立悦子（はしだてえつこ）

本名　横山悦子

1961年、新潟に生まれる。

1982年、千葉県立教員養成所卒業後小学校教諭になる。

関宿町立木間ケ瀬小学校、野田市立中央小学校で教鞭をとり、現在、野田市立福田第一小学校勤務。

第68回、第70回、第72回コスモス文学新人賞（児童小説部門）受賞

第71回、第74回、第76回コスモス文学新人賞（児童小説部門）入選

第19回コスモス文学賞（平成11年度賞）奨励賞受賞

第20回コスモス文学賞（平成12年度賞）文学賞受賞

〈著　書〉

子どもの詩心をはぐくむ本　既刊12冊

鈴の音童話・魔女シリーズ　既刊13巻　14巻（近刊予定）

すずのねえほん・魔女えほん　既刊10巻　11・12巻（近刊予定）

すずのねえほん・ぼくはココロ　既刊5巻

ポケットえほん　『心のものさし』『幸せのうずまき』（近刊予定）

NDC913

橋立悦子　作

東京　銀の鈴社

210P　21cm（ドレミファソラシ姉妹のくせたいじ）

定価＝一二〇〇円＋税

鈴の音童話

ドレミファソラシ姉妹《しまい》のくせたいじ

魔女シリーズNo.8

二〇〇一年三月十七日（初版）

二〇〇五年十二月十日（初版・二刷）

著　者――橋立悦子 作・絵©

企　画――㈱教育出版センター

編集・発行――㈱銀の鈴社　http://www.ginsuzu.com

〒104-0061　東京都中央区銀座一-五-十三-四F

電話　03（3324）5606

FAX03（3324）5607

印刷・電算印刷　製本・協栄製本

〈落丁・乱丁本はおとりかえいたします。〉

ISBN4-87786-710-4　C8093